沉默的野性

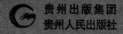
贵州出版集团
贵州人民出版社

图书在版编目（CIP）数据

沉默的野性 / 沈岳明著. —— 贵阳：贵州人民出版
社, 2016.9

ISBN 978-7-221-13616-9

Ⅰ.①沉… Ⅱ.①沈… Ⅲ.①故事－作品集－中国－
当代 Ⅳ.①I247.8

中国版本图书馆CIP数据核字(2016)第231707号

沉默的野性

沈岳明　著

出 版 人	苏　桦
出版统筹	陈继光
责任编辑	陈　滔　赵帅红
流程编辑	黄蕙心
装帧设计	陈　电
出版发行	贵州人民出版社（贵阳市观山湖区会展东路SOHO公寓A座）
印　　刷	长沙鸿发印务实业有限公司（长沙市黄花工业园3号）
开　　本	787×1092mm　　1/32
印　　张	8.75
字　　数	180千字
版　　次	2016年10月第1版
印　　次	2016年10月第1次印刷
书　　号	ISBN 978-7-221-13616-9
定　　价	29.80 元

序

从动物中寻找生存的智慧

第一次看沈岳明的文章，是在2007年的《意林》杂志上。那是个春寒料峭的清晨，屋外飘着蒙蒙细雨。

文章的题目，我至今记忆犹新——《适者生存》。

翻开杂志，我只是匆匆浏览了一遍。兴许是平日短文看得太多，因此，对文章题目特别挑剔。《适者生存》这类普通至极的标题，我大都不去细阅。

杂志一直被搁置于窗台。

午后，朋友来家中做客，啜茶时偶然翻见，便与我说起这篇文章的内容。朋友说好，我笑笑，不以为然。文人大都有三分傲气。朋友走后，我重新翻开了这篇文章。

文章内容和我脑中所想的完全不同。作者没有写一个社会的优胜劣汰，没有写一个市场的勾心斗角，更没有写人与人之间的明争暗抢。他只是写了一群我从来没有见过的深海动物。

这群动物没有名字，没有来历，甚至，没有一个确切的归属地。更为奇特的是，他所说的一切，并非空穴来风、私下杜撰，而是站在科学和事实的角度来理智剖析的。

我忽然被这种别具一格的手法吸引了。

之后，陆续读过他的一些文章，《磨砺脚趾的鹰》《会救人的鱼》《巨蝎虾的猜疑》，等等。无不是站在事实和科学的角度来剖析问题。

从动物中寻找生存的智慧，往往我们会变得更谦逊一些。动物不会对我们构成威胁，不会与我们辩驳，更不会让我们窘迫。因此，站在动物面前的我们，总能变得坦然很多。

我和沈岳明相识已有几年，他年长于我，因此，平日我素称其"老哥"。虽来往极少，但感情颇深。我对其人，其文，都有难以言明的敬佩。

我仍然看他的文章，仍然会把好的词句，好的段落发给学生。我觉得，那些貌似平淡的句子，其实就是一种巨大的力量。所以，我总是告诫我的学生，好的文章，一定要一读再读。每读一遍，就会有每读一遍的益处。

当我们遭遇挫折，不知如何面对时；当我们身处逆境，想要垂首放弃时；当我们绝望悔憾，欲图走向生命的尽头时，这些话，就如同蓄满阳光的彩云，默默赐予我们光亮和希望。

我们需要这样的光明和希望。也只有这样的文章，才能使我们在心中收藏起一朵蓄满阳光的彩云。

一路开花

2016年3月书于西双版纳

目录

第四章 / 谁能跑过千里马　　　| 167

第五章 / 长颈鹿与鹅卵石　　　　　│ 223

第一章 /
磨砺脚趾的鹰

将巢筑在鹰的旁边

　　游隼属隼科，是一种猎鸟，体长约33~48厘米，背部呈蓝灰色，腹部是白色或黄色，上面有黑色的条纹。游隼体格强健，飞行速度奇快。它们在很高的空中飞行，看到水中的鱼会像闪电般地俯冲下来，以锋利的双爪捕杀猎物。这些猎物除了野兔、野鸭和鱼类，还有空中的鸟类。很多人不明白，游隼与别的鸟类相比，并没有什么特别之处，为何它们的飞行速度要比其他鸟类快呢？

　　相传在很多年以前，游隼和竹鸡都生活在马达加斯加的一个渔岛上。一直以来，它们和睦相处，以昆虫为食，吃饱了便一起躲进草丛里休息。突然有一天，渔岛上来了一群狼，从此打破了渔岛的宁静。竹鸡和游隼成了狼的捕猎对象，它们的生命遭到了前所未有的威胁。要想躲避狼的追捕，唯一的办法就是像鹰那样将巢筑在悬崖上。

　　竹鸡看了一眼筑在悬崖峭壁上的鹰巢，吓得赶紧将头缩进了草丛，而游隼则带着自己的孩子慢慢地往悬崖峭壁上爬去。尽管一次次被海风从悬崖上吹下来，摔得浑身是伤，但它们没有放弃。终于，它们爬上了悬崖，并且将自己的巢筑在了鹰巢之上。此时，虽然狼对它们已经不能构成威胁，但是它们并不能像鹰一样飞翔啊，何况悬崖太高，它们的日常生活也十分不便。于是，游隼让自己的孩子们跟鹰学习飞翔。

　　由于站得比鹰还高，鹰在教幼鸟飞翔的时候，游隼的幼鸟便在一旁观望，将所有的技巧尽收眼底。当小游隼能够自由飞翔的时候，它的父母还会带它去观看信天翁搏击海浪的情景。就这样，游隼跟着鹰和信天翁学会了一套飞翔的本领，它们变得越来越强大。如今的游隼不但能像鹰一样快速灵敏地飞翔，还能像信天翁那样在风雨中自由穿行。从此，游隼像鹰和信天翁一样，完全可以自由自在地飞翔，再也不害怕狼的追捕了。而竹鸡，则被迫外迁，离开了渔岛，去其他的地方谋生去了。

　　俗话说，你的朋友决定了你的能力。如果你与成功者相处，天长日久，你也成了成功者。这也应验了那句"近朱者赤"的成语。人生中，要想永远立于不败之地，便要让自己努力去适应眼前这个多变的环境。紧跟成功者的脚步，勇于向优秀者学习，这是取得成功的法宝。当然，成功者所走的道路并不平坦，有可能是悬崖峭壁，也有可能是穷山恶水，但只要意志坚定，有一颗不畏艰难的雄心，穿越了曲折，走过了黑暗，太阳便会在悬崖峭壁上向你绽开笑脸。

世上没有无用的工作

在海湾、河汊、沼泽、水岸等地，生活着一种叫海狸的动物。

海狸有三道眼睑。外眼睑上下两道，还有一道透明的内眼睑，适合潜泳，也可防止被树木扎伤，因为它的视力不好。海狸的前肢有蹼，也有爪，爪上下分叉。它的门齿锋利，咬肌尤为发达，一棵40厘米粗的树只需20分钟就能咬断。成年海狸体重约30公斤，体长约100厘米，尾长约30厘米。

虽然海狸善于游泳，有着强健的身体和锋利的牙齿，但却是一种性情温和的动物。它从不吃荤，只吃水草和树木，而且胃口也不算大。一棵普通的杨树，便能供6口之家的海狸吃上两年。所以，即便在其他动物食物奇缺时，海狸也不缺吃的。它们对巢穴也不挑剔，不管是树洞，还是草丛，哪里都能安家。如果海狸不想劳动，它们完全可以天天休息，哪怕一天到晚地躺着，或者坐着玩，都不会影响到它们的生活质量。

然而，海狸却是一种勤劳的动物。它们每天的工作是在水里筑坝。不仅是成年海狸，只要是能够从巢穴里走出来，能自由行动的海狸，就会筑坝。它们用石块、树枝和淤泥筑成的水坝最长可达几百米。

　　在挖淤泥时，海狸首先会把河底的泥抱在胸前，再潜出，那样子看起来显得很辛苦。令人奇怪的是，海狸筑出来的坝，是完全没有用的，搞不成水电站，对人类也没益处。但海狸却总是乐此不疲，一天工作十几个小时，虽然毫无用处。海狸的这种行为让人们费解。

　　有人认为，海狸的这种行为，完全是一种弱智的表现。不是吗？如果不是脑子有问题，谁会为那种毫无意义的事，整天去劳碌奔波呢？因为海狸祖先的脑子不管用，所以就这样一代代地传下来了，最后，海狸便有了一种本能，每天除了吃饭睡觉，其他的时间便用来筑坝。

　　但是，最近有动物学家发现，海狸的这种劳动，不但不是没意义的，而且还是它们一生中必不可少的工作。因为那些被圈养的无坝可筑的海狸，大都只能活10多年，而那些一天到晚在野外筑坝的海狸，却能活过20年。虽然海狸的工作无法给它们带来生活的必需品，使它们过上更好的日子，但却锻炼了它们的体魄，陶冶了它们的心智。用我们人类的话来说，如果劳动能让人长寿，你还会放弃劳动吗？

　　实践证明，劳动不但能让海狸长寿，也能让人类长寿。这就是很多人不能理解为什么很多年过七旬的企业家，尽管积累的财富可以使他们几辈子不用为生活发愁了，却还要每天努力工作的原因了。

眼镜熊的泪水

眼镜熊，也叫安第斯熊。是南美洲的特产。眼镜熊的体毛多数为黑色，只有脸部和前胸部为白色。因为眼睛周围有一对像眼镜一样的圈，所以被称为"眼镜熊"。成年雄性眼镜熊一般重达130公斤，雌性为60公斤左右。它们生活在南美洲中西部的委内瑞拉、哥伦比亚、厄瓜多尔、阿根廷西南部以及巴拿马南部。

眼镜熊是杂食性动物，尤其喜欢凤梨科植物。它们的上下颚强健有力，啃起凤梨来显得十分轻松。或许正因为如此，凤梨在它们的食谱中占了相当大的比重，接近50%。为了摘食果实，它们还会爬到树上或高大的仙人掌上，攀爬高度可以超过10米，并且还能灵活地从一棵树直接跳到另一棵树上。凤梨当然不是每个季节都有，这时它们便会去寻找其他食物，例如浆果、蜂蜜、竹子、甘蔗。另外，为了丰富食谱，它们也会捕食那些小型啮齿类动物、鸟类和昆虫。如果实在没什么可吃，它们就会偷袭野牛、野羊。这种肉类食物，约占眼镜熊食谱的4%。

据传，眼镜熊在捕食野羊时，如果野羊流出了眼泪，眼镜熊便会产生"恻隐之心"，而对野羊放生。眼镜熊一般不会对人类发起攻击，但要是人类将它惹急了，它也会野性大发而进行反击。因为眼镜熊的眼睛里能分泌出一种昂贵的香腺，所以经常遭到人类的捕杀。眼镜熊极难对付，人类就利用它的"恻隐之心"来捕获它。

通常的情况是这样的：人类会派出一个人悄悄地跟踪眼镜熊，一旦被眼镜熊发现，并发起攻击时，那人就不能动了，得静静地蹲着或者跪着，并装出一副可怜的样子，还得伤心地流眼泪。有时候，如果流不出眼泪时，可以用辣椒水或药物来进行刺激，迫使眼泪流出来。此时，眼镜熊的怒气就会立即消失，并且它也会跟着流泪，也就是说，已经激起了它的"恻隐之心"。待它决定放弃对人的攻击，并转身离去时，潜伏在一边的其他人就会一拥而上，或用刀叉、或用网绳将眼镜熊制服。

就这样，眼镜熊的数量日益减少。当地人为了能长久地收获到眼镜熊的香腺，以后就只取香腺，而不伤害眼镜熊的性命。听说，眼镜熊流泪越多，它眼睛里的香腺也就会越多，所以人们为了能获得更多的香腺，就会经常在它的面前表演"悲情剧"，只要它一看到眼泪，就会不由自主地流下泪水。只是那些被取过香腺的眼镜熊的视力会变得越来越差。当大量的眼镜熊被人类取了香腺之后，人们再想以流眼泪的方式来激发眼镜熊的"恻隐之心"，并将其捕获，那就不容易了。因为眼镜熊的视力差了，看不到人类的眼泪，也就无法激起它的"恻隐之心"。很多次，人类都付出了惨重的代价，因为眼镜熊一旦行为失控，攻击力是相当强大的。

慢慢地，这一古老的、用流泪的方式，来激起眼镜熊"恻隐之心"的捕熊方法，终于失传了。令人奇怪的是，现在的眼镜熊不但都成了"瞎子"，因为它的视力只有0.4，而且连眼睛里的香腺也没有了。也许是人类让眼镜熊太伤心了，它就让人类对它"死心"吧。

吓退豹子的草根

　　豹子是一种凶猛的猫科动物，它的捕猎对象主要是羚羊。由于羚羊的警惕性太高，又是出了名的长跑能手，白天豹子很难得手，所以只能晚上捕猎。豹子利用自己爆发力强的优势，等到近距离地接近了羚羊后，便突然扑上去咬住羚羊的咽喉。

　　一个月黑风高的晚上，豹子又出发了。显然，这个伸手不见五指的夜晚给豹子创造了一个很好的捕猎环境。豹子慢慢地接近羚羊群。豹子和羚羊都在暗处，它们都屏住了呼吸，四周死一般地沉寂，空气似乎凝固了。此时，豹子看不见羚羊，羚羊也看不见豹子。只有科学家们的红外线摄像机躲在暗处清楚地看着这一切。它们都不敢弄出一点细微的声响，对于羚羊来说，哪怕是一个小小的喷嚏都有可能失去性命；而对于豹子来说，又将失去一次饱餐的机会，而挨饿的滋味实在不好受。

　　良久的对峙中，豹子终于按捺不住了。因为饥饿让它失去了定力。它的身子晃了晃，准备发起进攻。就在它迈动脚步准备向前冲去时，一根干枯的草根"吱"地一声被它踩响了。草根的声音其实很小，小得就像蚊子的叫声，但就是这异样的声响让羚羊警觉地叫了一声。其实此时，羚羊依然不知道自己的身边潜伏着一头豹子，它只是习惯性地叫了一声，也就是这一声叫唤，救了整个羚羊群。因为当豹子听到羚羊的叫声后，便决定放弃这次捕猎行动。它觉得羚羊是那么的警觉，它们一定早就知道它的存在而有所防备。何况羚羊跑得那么快，跟羚羊赛跑那不是自讨苦吃吗？

　　豹子翘着尾巴，迈着无可奈何的步子走出羚羊群后，羚羊还没有发现豹子的存在，甚至以为豹子从来就没有存在过。这很容易让人想起诸葛亮对阵司马懿时的"空城计"。只不过诸葛亮是有备而来，羚羊则是在毫不知情的情况下的一场巧合。

　　但这一切又都不是偶然的。"空城计"中吓退司马懿的是诸葛亮平时的谨慎，吓退豹子的却不是羚羊平时的警觉。豹子和司马懿犯了同一个错误，那就是高估了对手，低估了自己。

　　人生路上就布满了这样的草根，如果你在乎它，它就是阻挡你成功的大山和江河；如果你迎难而上，它便只是一根枯朽的草根，只需轻轻一折，就断了！

强者不说话

长颈鹿是一种生活在非洲的反刍偶蹄动物，也是世界上最高的陆生动物。成年雄性个体高达4.8到5.5米，重达900公斤；雌性个体略小。它主要分布在非洲的埃塞俄比亚、苏丹、肯尼亚、坦桑尼亚和赞比亚等国，生活在非洲热带、亚热带广阔的草原上。

长颈鹿可以称得上是世界上最有耐心的动物了，特别是在对孩子的照顾和引导上，表现最为突出。小长颈鹿一出生，母亲便会帮助它慢慢地站起来，只要小长颈鹿稍微表现出要摔倒的样子，母亲便会用长长的脖子将它围住。小长颈鹿从出生到成年，与母亲几乎都是寸步不离。就是在吃草、喝水时，小长颈鹿也在接受母亲的教育。母亲会告诉它，无论何时，都不能掉以轻心，哪怕是一丛茅草、一处洞穴，都有可能是食肉动物的藏身之处，它们随时都有可能出现。

为了能填饱肚子，长颈鹿将脖子拉得长长的；为了躲避食肉动物的追赶，长颈鹿练出了强壮的四腿。它们既站得高望得远，又跑得快跑得远，所以才能顽强地生存下来。

另一种强悍的动物叫美洲豹。可以说是猫科动物中的"全能冠军"。但它既不是虎，也不是豹。外型像豹，但比豹大得多，为美洲最大的猫科动物，一般居住于热带雨林，身手十分矫健，可以捕食鳄鱼等动物。美洲豹具有虎、狮的力量，又有豹、猫的灵敏。特别是其咬合力和犬齿在猫科中最强，使猎物毙命的效率最高，它喜欢直接洞穿猎物的头盖骨。美洲豹性情比狮虎还要凶猛，敢冲入河中捕杀南美鳄，而河里作战本不是陆地猛兽的长处。

但美洲豹却是世界上最没耐心的动物。特别是在对孩子的照顾和教育上，显得最没耐心。在小美洲豹还没完全学会捕食的时候，它们的母亲就会将它们留在洞穴，有时好几天也不管，让它们自生自灭。有时候，明明看到一群野狼在欺负自己的孩子，美洲豹也不理会。但是，毫无疑问，在热带雨林，美洲豹是真正的强者。

以上两种教育似乎都不错，但后者却更加成功。俗话说：一次痛苦的经验，抵得千百次的告诫。长颈鹿用千百次的告诫，换来的是基本的生存，而美洲豹因为拥有了痛苦的经验，成了强者中的强者！

死于自己的"胃口"

牛鲨因其壮硕如牛的外形而得名，学名为白真鲨。牛鲨在大约4亿年前就已经游弋在大海之中，比现在还生存着的其他鲨鱼早1亿年，是鲨鱼家族中最凶猛、最令人闻风丧胆的鲨鱼之一。牛鲨与大白鲨、虎鲨被列为最具攻击性、最凶猛、最常袭击人类的三种"鲨鱼"。常被人冠以"神秘的海洋杀手""沉船屠夫"等称号。

在大西洋，从美国的马萨诸塞州至巴西南部，从摩洛哥至安哥拉，都可以见到牛鲨的踪影。估计有多于500头的牛鲨在澳洲的布里斯本河，更多牛鲨分布在黄金海岸。雄性牛鲨长达2.1米，重90公斤；雌性牛鲨长达3.5米，重达230公斤。

最令人恐怖的是牛鲨的大嘴。这张嘴大得不成比例，呈裂弧形，吻端非常宽圆而短，密布着锋利的牙齿。牛鲨独自出没猎食，无论猎物多大它都无所畏惧。

牛鲨捕食时嗅得准，咬得快，吃得多，它从不挑食，除了主要以包括其他鲨鱼（甚至大白鲨）在内的鱼类为食外，也吃鳐类、海豚、海龟、海鸟等动物。牛鲨还常常从河流的入海口逆流而上，去捕食河马、犀牛、鳄鱼等水生动物。

牛鲨具有一个很多鲨鱼都没有的能力，它是唯一一种可以生活在盐水和淡水两种环境中的鲨鱼。牛鲨的视力不好，但嗅觉异常灵敏，可以嗅出稀释在10万升水里的一滴血的味道，并能在海里跟踪数公里找到血源。也可凭借海水的震动和声音，追踪位于一公里范围内的猎物。多数鲨鱼需要适量休息，而牛鲨似乎可以不分昼夜游来荡去。牛鲨没有鱼鳔，它可以浮上水面使胃部充气，以此保持浮力。

牛鲨还有一种奇特的本领，那就是食物可以在它肚子里存放10多天甚至半个月。它的胃就好像一个冷藏库，当它吃饱时，多余的食物便送到"冷库"里贮存起来，过10天或半个月，有时甚至一个月也不变坏；当它感到饥饿而又捕猎不到新的食物时，就把"冷库"里的食物取出充饥。一般说来，牛鲨吃饱一次可以管10多天，可是，贪吃的牛鲨等不了那么久，每隔二三天它就要"饱餐"一顿。

像牛鲨这样凶猛的动物，几乎没有天敌。可是，却有人在澳洲的布里斯本河边发现了死去的牛鲨。因为没有哪种动物敢捕杀牛鲨，除非是缺少食物让牛鲨因饥饿而死。经研究，科学家发现，牛鲨并不是饿死的，而是被撑死的。因为人们从牛鲨的肚子里发现了这些东西：一个牛头、一只牛前腿、一个脖颈上还拴着皮带的狗头、火腿、马肉、煤炭、罐头瓶、烂布及船上的刮板，还有塑料袋、破渔网、尼龙雨衣、皮衣、皮鞋以及汽车号码牌等。

由于贪吃，对于一些不能吃的东西，牛鲨也照吞不误。没有天敌的牛鲨最终死于自己巨大的"胃口"。

命运就是一只小角马

在辽阔的西伯利亚大草原上生活着大约150万头角马，这些野生的角马均是靠吃草生存。因为这里还生活着老虎、狮子、野狗和豹，这群角马便是这些食肉动物的粮食。为了保证角马不绝种，每年的8月，成年角马都会大量繁衍小角马，每年繁殖的小角马大约有50万头，可生存下来的却不多。尽管角马是群居动物，但因为它们没有锋利的牙齿和爪子，对于食肉动物的侵犯依然毫无办法。它们只能撒开四蹄拼命奔跑来逃避追捕，而且角马容易受惊，跑起来很混乱，在混乱中，角马很容易丧命。

在如此恶劣的环境下，角马依然坚强地生存了下来。也正是因为这样的环境，小角马生下来5分钟就能走路，两个星期便能跟成年角马跑得一样快。老虎、狮子和豹，这些体积大的食肉动物大都选择成年角马下口，因为它们的肉质肥厚鲜美。可对于体积小的野狗来说，小角马则比较容易追捕，特别是还未满两周的小角马。所以小角马从来不敢离开母角马半步。

由于对动物的关注，我每个周末都会看《动物世界》，所以对角马也有了一些了解。特别是当我看到一只迷途的母角马带着它的孩子，跟一群野狗作殊死搏斗的场景时，我被深深地感动了。看似弱不禁风的小角马一次次被野狗咬住耳朵或者尾巴而摔倒在地，眼看就要丧生狗腹，可是小角马又总是摇摇晃晃地站起来，在一群野狗的厮咬中摇摇晃晃地向着它的母亲追去……如此数十次、近百次地被野狗扑倒，又站起来，弱小的小角马从来没有放弃生的希望。后来，那一群野狗累得筋疲力尽了，停下来直喘粗气，最终只得无可奈何地看着小角马蹒跚着脚步跟在母角马的身后一步一步地离去……

看到这里，我的全身便充满了一种力量，那是生命的力量！在这个世界上，弱小的动物很多，也常常遭到强大的动物的侵犯，可只要它不言放弃坚决抵抗，便能与世界同在。动物是这样，人生又何尝不是？看似平淡的生活中总是隐藏着那么多的不幸，疾病、失业、失恋……在不幸面前，生命显得如此脆弱。但当天灾人祸骤然降临，只要我们不轻言放弃，坚强地与之抗争，希望的阳光便会在我们的头顶豁然绽放。

藏在心里的一杆秤

长臂猿是动物中的高空"杂技演员"。它们的前肢特别长，两臂伸开时可达1.5米左右，站立起来，两手下垂几乎可以触到地面。正是因为拥有两条灵活的长臂和钩形的长手，使它们穿林越树如履平地，无论觅食、玩耍、休息，全在树上进行。

长臂猿行动的时候，能用单臂把自己的身子悬挂在树枝上，双腿蜷曲，来回摇摆，像荡秋千一样荡越前进，一次腾空移动的距离就有3米远，每次可以连续荡越8~9米。雌长臂猿还把出生不久的幼仔抱在自己的胸前，带着它一起在森林上空飞速行进。它们的动作灵活、自然、轻松、优美，如同飞鸟一般。

长臂猿的形态构造、生理机能和生活习性都非常接近人类。例如牙齿都是32颗；大脑和神经系统都很发达；血型也有A型、B型和AB型，只是缺少O型。长臂猿与人类最大的不同之处就是，长臂猿都是生活在树上的，离开了森林和大树，它们就没法生存。

科学家经过研究发现，长臂猿与人类还有一项特别相似之处。比如，长臂猿无法容忍同类当着自己的面掏耳朵、挖鼻孔或者放屁，但它们却总是忍不住要当着同类的面这样做。

在分配食物的时候，明明是同样分量的东西，它们都会觉得不公平，都觉得只有自己多拿一份，那才公平。于是，这个大家庭便常常发生打斗事件，轻则头破血流，重则伤筋动骨，性命不保。

动物保护协会曾经做过一次这样的试验。他们当着所有长臂猿的面，给每只长臂猿分了一个桃，然后躲在一边观察。发现桃刚到手，它们就发生了争斗，虽然同是一个桃，它们觉得别人的桃有可能大些，或者甜些。开始时，它们还只是尖声叫唤，随后便发展到争抢，再就是打斗。于是，工作人员赶紧将它们分开，并将它们的桃全都没收。这下，它们觉得公平了，争斗随即停止。

随后，工作人员先是当着所有长臂猿的面，给每只长臂猿分了一个桃。然后，将所有长臂猿分开，又单独给每只长臂猿分一个桃。再将它们集合到一起，这次因为每只长臂猿都觉得自己比别人多得了一个桃，所以没有发生争斗。但是，不久当它们发现别的长臂猿的手里都拿着两个桃时，争斗再起。直到工作人员将所有桃都没收了，它们才停止争斗。

长臂猿因为有了这些缺点，所以濒临灭绝；人类因为有了这些缺点，所以不能更好地发展。这些缺点就是：贪婪、自私、嫉妒、自以为是。生活就是一杆秤，其实大多数时候是公平的，就是因为我们拥有了这些缺点，使原本公平的秤变得不公平了。这个缺点，让这杆秤在称别人的时候准确，一旦称自己，就不准了。

端正自己

在西班牙奥托诺莫大学动物园里，生活着一群黑猩猩。有一位叫莫雷诺的人就是负责驯养这些黑猩猩的驯养师。黑猩猩是一种智能仅次于人类的动物，模仿能力极强。在莫雷诺的严格要求下，黑猩猩学会了很多表演技能，比如骑单车、踢皮球、钻火圈，甚至是走钢丝这样的高难度动作。更有趣的是，在演出结束的时候，它们还会向观众挥手致谢。黑猩猩的每场表演都能赢得满堂掌声。

黑猩猩出色的表演与它们的驯养师莫雷诺的付出是分不开的。可是，令莫雷诺不理解的是，他与猩猩的表现却没有赢得动物园园长古特曼的赏识。古特曼说，黑猩猩的表演是不错，可是，它们在面对观众的时候表现却不太对劲。莫雷诺在经过一次次反复观察后，仍然看不出有什么不对劲。

古特曼提醒说，最起码要对观众礼貌吧。莫雷诺再次对黑猩猩进行观察，还是没有发现它们有什么地方对观众不礼貌。莫雷诺害怕自己看走眼，又对许多观众进行了调查访问，结果都没发现什么异常。

古特曼说，莫雷诺，如果你认为我说错了话，请你看着我。古特曼用眼睛紧紧地盯着莫雷诺接着说，如果黑猩猩在面对观众的时候，双眼全都心不在焉地看着别的地方，你说，这样礼貌吗？

　　莫雷诺突然发现：园长古特曼正斜着双眼在看自己，原来园长古特曼的眼睛是斜的。怪不得黑猩猩在面对古特曼的时候也会斜着眼睛，因为惯于模仿的黑猩猩是在模仿古特曼的神情。莫雷诺请来医生，将园长古特曼的眼睛医好后，这一现象便再也没有出现过了。

　　通常，人们的眼睛总是盯着别人的不足，而看不到自己的缺点。殊不知，正是因为自己的缺点才造成了别人的不足。

　　人生中，我们应该少指责别人，多端正自己。

狗捕牛的启示

豺狗，书名豺，又叫红狼。豺狗的样子像狗，体型比狗略小，头宽，面部较短，尾也较狗尾短一些。全身的体毛棕红，尾巴上的毛密而长，尾端为黑色。前掌大，爪锐利。喜欢群居，经常三五成群一同出没，性情异常刁滑，善于集体进攻猎物，配合十分默契。

在非洲大草原上，豺狗捕食的对象一般为野猪和山麋等中小型动物，有时也会捕食野牛。一头成年野牛重达700公斤，而一只豺狗最重的还不到30公斤，但是一般只需两只豺狗就能成功地捕获一头野牛，且比狮子的成功率还要高。若按体重的比例，豺狗要想战胜野牛几乎是不可能的；别说是一头野牛，就是一只山羊也能轻易将豺狗击倒。

狮子的重量一般可达200公斤，通常需要两到三头狮子才敢捕猎野牛。因为野牛力大无穷，稍不留意，就会被它的利角挑到，或者被牛蹄踢到，轻则皮开肉绽，重则性命不保。在与野牛的较量中，很多没有经验的狮子因此死于非命。所以，狮子非常清楚，要想一举制服野牛，是非常困难的。这就让人奇怪了，连狮子这样的"百兽之王"都难以对付的野牛，为何会在毫不起眼的豺狗面前栽了跟头呢？

原来，豺狗正是利用了自己毫不起眼的小个子，成功地迷惑野牛的。野牛在面对狮子时，会打起十二分精神来与狮子对抗，但如果面前站着的是豺狗，野牛则毫不理会，甚至可以用不屑一顾来形容。

当豺狗遇到野牛时，通常会有一只豺狗跑到野牛的面前，与其嬉戏，另一只豺狗则会轻松地跳到野牛背上，用前爪给野牛的屁股抓痒。当野牛感到无比舒服而翘起尾巴时，豺狗就会乘机痛下"杀手"。豺狗就这样将狮子都难以对付的野牛，轻易地制服了。

面对强大的对手，能够认识到对手的大，但不畏惧对手的强；作为弱小者，能够清楚自己的小，但从不认为自己弱，这就是豺狗的生存秘诀。

象鸟与指猴

很多年以前，象鸟与指猴都生活在非洲马达加斯加岛上的森林中，它们是岛上数量最多、最为常见的两种动物。

因为现代文明的不断侵袭，动物们的生存环境受到了破坏，象鸟与指猴的生存压力也越来越大。为了适应环境，延续生命，象鸟家族与指猴家族，几乎同时感悟到，要想适应环境，首先得改变自己，于是它们做出决定，马上开始改变自己！

象鸟觉得，只有使自己不断地变得强大，才能好好地生活下去。因为，如果自己强大得天下无敌了，那还有谁可以威胁到自己呢？象鸟是这样想的，也是这样做的。

经过不断的进化，象鸟终于变成了世界上最大的鸟。象鸟的个头比鸵鸟还要高出两米，一个象鸟蛋的重量相当于200个鸡蛋的总和。这么一个庞然大物，就是老虎和狮子见了，也要远远地躲开。

再说指猴，指猴觉得，要想保存实力、延续生命，就得不断缩小自己，只有将自己隐藏起来，才能免招外界的侵袭。经过不断的进化，指猴成年后身高仅10厘米，重80克。新生猴只有蚕豆般大小，就是一片小叶子，也能将它们藏起来。它们觉得，这下可安全了。

如今，象鸟在大约350年前就灭绝了。而曾经与象鸟生长在同一片土地上的指猴，也正遭受着致命打击，也濒临灭绝。目前，野生的指猴已不存在了，只有极少数被人工饲养着的指猴。

象鸟与指猴不知道，不管它们变得如何强大，哪怕天下无与匹敌，还是让自己变得弱小，并极力向外界示弱，都逃脱不了自以为"聪明"无比的人类的屠杀。

适者生存

众所周知，深海里氧气稀薄，但为了生存，很多动物不得不根据深海里的环境来进化自己。它们尽量减少活动或者干脆不动，长期蜇伏在一处，以减少身体对氧气的需求。所以尽管深海里环境恶劣，但还是有不少动物顽强地生存了下来。最近美国的一家海湾水族馆研究所，由克雷格·麦克莱恩领导的一项研究却发现，生活在深海里的动物渐渐减少的原因，居然不是因为氧气的减少而是因为氧气的增多。

例如，在南加州海域，就因为移植了大量含氧海藻，而导致了许多深海动物的消失。人们以为含氧海藻能够改善深海动物的生存环境，没想到，反而害了那些动物。因为含氧海藻是一种能够制造氧气的深海植物，是普通海藻造氧量的100倍。

照理来说，增加了氧气的深海对鱼类应该是一件有益的事，可是因为千百年来，那些长期蜇伏于一处的深海动物，已经适应了缺氧的环境，突然有新鲜的氧气注入，便容易产生氧气中毒。不被氧气中毒的方法只有一个，那就是迅速改变原有的生活习惯，改静止为运动。只有不停地游动，才能够加速呼吸，让过量的氧气排出体外。这样，过量的氧气不但对它们构成不了威胁，反而会让它们更加具有活力。

所以，生活在深海中的动物很快便会分为两种，一种因为无法改变自己原有的"懒散"的生活习性而变得无所适从，甚至被"淘汰"了生命；而另一种则一改往日的静止而快速行动起来，因为适应了由大量氧气注入的新环境而变得"如鱼得水"。

克雷格·麦克莱恩最后得出结论：不是氧气害了那些深海动物，而是它们自己的懒惰习性害了它们。人类也是一样，有不少人经历了艰难的岁月，却无法适应现代的文明，更不敢挑战新的环境，新的生活。所以，面对不同的环境，不停地进取，不断地学习，永远是制胜的法宝，而只知道停留在过去的光环里自我陶醉，则十分危险。殊不知，我们所处的环境每天都在发生变化，可谓日新月异，如果不能够紧跟时代的脚步，那么就会被社会无情地淘汰。

拒绝享乐的信天翁

　　信天翁是一种大型海鸟，它们长相奇特，鼻孔呈管状，位于嘴巴的两侧。喙又尖又长，并且尖端有钩，便于在海洋中捕食，乌贼、浮游生物、小鱼都在它们的捕获之列。

　　信天翁大多生活在太平洋北部，属漂泊性海鸟。它们几乎终日翱翔于海上，体长超过1米，翅膀展开时有3.6米，是所有海鸟中展翅最宽的。它可以利用海上强劲的风力，顺风向下滑落，而快接近海面时，又能乘势迎风而起，向上冲去。这样上上下下回旋飞翔，可以连续数小时都不需要挥动长翅，可称得上世界上最大效率的"滑翔机"。

　　信天翁有着很强的忧患意识，它们喜欢狂风巨浪的天气。这时，它们有力的翅膀能够凭借气流的动力在空中滑翔，而一旦风平浪静，它们便会怅然若失，顿感飞行的艰难。有科学家试图将信天翁带回风平浪静、食物充足的海洋馆里饲养，结果生活在优越环境中的信天翁，都因为极度焦虑而死。它们拒绝享乐，它们害怕自己的巨翅在平静安乐的生活中渐渐退化。

　　作为一种智商并不高的海鸟，信天翁懂得生于忧患，死于安乐的道理。这让人类汗颜。

　　不少人在贫穷的日子里，能保持清醒的头脑，而一旦过上了好日子，便会立即将所有的缺点暴露无遗。人生的海洋中处处布满漩涡，正所谓逆水行舟，不进则退。如果不始终保持积极进取的姿态，随时都有坠入漩涡的危险。

与虎鲸为邻

水母属软体海洋动物，长有四条细长的触须，体重在10公斤以下。而生活在加利福尼亚州附近的深海中的水母却与众不同，它们的触须有人类的手臂粗，每只水母重达60公斤，不但体型大，而且肌肉也比其它地方的水母强健有力。同样种类的水母，为什么生活在这里的比其它的水母要大而强壮得多呢？

美国蒙特利湾水族研究所的凯文·拉斯科夫，是位研究水母的专家。为了解开这个谜团，经过对这种巨型水母的长期跟踪研究发现，与这些水母为邻的居然都是海洋中最凶猛的动物，如虎鲸、鲨鱼等。为了躲避这些凶猛的动物，水母不得不快速逃命，在每天快速游动的过程中也将自己的体魄锻炼得十分强壮。可是，就算水母逃命的速度再快，也还是经常被那些凶猛的动物咬伤，轻则触须断裂，重则皮开肉绽。

令凯文·拉斯科夫惊讶的是，这些被咬得遍体鳞伤的水母不但不会死，而且很快会从断触须的根部长出新触须，皮开肉绽处也会迅速愈合，因为伤痛刺激了新陈代谢，增强了新生功能。水母就是在这样残酷的环境里，在性命攸关的危机中，在肉体剧烈的伤痛里，将自己一点点变得强大起来的。

人的一生中不可能都是一帆风顺，在生命的过程中也会遭受很多苦痛和危机，贫穷、疾病、灾祸都是潜藏在身边的凶猛动物，随时都有可能让人们的身心受创。但，如果不在苦难中选择坚强与抗争，让自己在磨练中强大起来，就会被苦难一点点扼杀生命！

咬断后腿的狼

  丹尼斯是美国野生动物保护协会的成员之一，为了搜集更多关于狼的资料，他得常年生活在野外。循着狼的足迹，丹尼斯走遍了大半个地球，每天他都要扛着摄像机翻山越岭。狼主要分布在非洲和北美洲一些山区，而这些地区也是鬣狗的生活乐园。鬣狗和狼都是群居动物，它们很少单独外出捕猎。每个狼群都有一个首领，外出捕猎都是训练有素、统一由狼王指挥的；而鬣狗却是一窝蜂地往前冲，鬣狗仗着数量众多，常常从猎豹和狮子的嘴里抢夺食物。

  由于狼和鬣狗都属犬科动物，所以能够相处在同一片区域，甚至共同捕猎。可是在食物短缺的季节里，狼和鬣狗也会发生冲突。那是一个极度干旱的季节，许多动物都因为缺少水和食物而死去了。为了争夺一只被狮子吃剩的野牛的残骸，狼和鬣狗发生了冲突。尽管鬣狗的死伤惨重，但由于数量众多，就是训练有素的群狼也大多惨死在了鬣狗的利牙之下。最后，只剩下一只狼王与五只鬣狗还在对峙。

  显然，狼王与鬣狗的力量是悬殊的，何况此时的狼王还在混战中被咬折了一条后腿。就算狼王再聪明勇敢，此时，那条耷拉在沙地上的后腿，也是狼王无法摆脱的障碍。对于步步紧逼的鬣狗，狼王突然回头一口咬断了自己的后腿，然后向离自己最近的那只鬣狗猛扑过去，毫不犹豫地咬断了它的喉咙。显然，其它四只鬣狗被狼王的举动吓呆了，都站在原地不敢向前。更加吃惊的莫过于躲在草丛里扛着摄像机的丹尼斯。终于，那四只鬣狗拖着疲惫的身体一步一摇地离开了怒目而视的狼王。狼王得救了。

当危险来临，狼王能勇敢地咬断后腿，让自己心无旁骛、无牵无绊地应付强敌的举动，值得我们人类学习。人生中，拖我们后腿的东西很多，那就是患得患失、瞻前顾后、惊惶失措……如果舍弃不了蝇头小利的诱惑，就无法获取大的成功；如果承受不了砍去病入膏肓的后腿的痛苦，那么就有失去生命的危险！

成功倒计时

　　与鲸、海豹等身体硕大的海洋哺乳动物相比，海獭算得上是小个子了。海獭属于鼬科动物，成年海獭体长1.5米，体重在40公斤左右。它们生活在阿留申群岛周围的海域中，智力在某些方面超过了类人猿。比如在捕食海胆时，它们同时也会从水底捞起一块石头，它们会平躺在水面，将石头放在肚皮上，然后用两只前爪抓住海胆用力地往石块上砸，直至将海胆坚硬的壳砸破，然后便可以享受鲜美的海胆肉了。

　　其实，令科学家惊叹的不仅是海獭会用石块当砧板来砸开海胆壳的聪明，还是它们对成功捕食时机的准确把握。在这一点上，不管是草原上的狮子，还是我们至高无上的人类，都无法做到。海獭的潜水时间仅仅只有4分钟，也就是说，在这4分钟里，它必须潜到50米以下的海水里去捕猎；如果超过了4分钟，它就会溺死在水里。所以，时间对于海獭来说就是生命，每一次捕猎，都是以倒计时来计算的，并且必须用上整个生命。它们只能在规定的时间内捕获到食物，不然，要么会被淹死，要么就会饿死。

　　海獭的食物大部分是海底生长的贝类、鲍鱼、海胆、螃蟹等。由于海獭非常清楚自己捕猎的时间有限，所以每次潜入水中之后，它便目标明确地去寻找自己的猎物,一秒钟时间都不敢耽误。它的速度也异常快捷,抓到猎物后,一定要在肺里的氧气用完之前返回水面。它们长着小小的脑袋,小小的耳朵,圆滚滚的躯体。它们没有鲨鱼那样坚硬的牙齿,也没有金枪鱼那样锋利的长枪,它们没有任何强过海里其它动物的器官或武器,也并不适合在水里生活。可是,千百年来,它们就是靠着那4分钟的捕猎时间而在海里生存了下来。

其实人生的时间并不短,跟海獭相比,我们的时间何止一千个、一万个4分钟?然而,不成功的原因也正是因为时间太过充裕,让人们有了懈怠的心理。如果给成功定一个期限,会不会又是另一种情况呢?

如果给成功定一个期限,便没有时间怨天尤人,也没有机会犹豫不决,而是会立即在有限的时间里明确自己的目标,然后全力以赴。如果你还走在人生的十字路口,那么不妨给自己的成功定一个期限!

强者不自大　弱者不自卑

非洲的黑犀牛是一种体形庞大的动物，一头成年黑犀牛有两吨重，它的头上长有尖角，锋利无比。它的行动异常快捷，在几秒钟之内便可以将奔跑的时速加到60公里。它的力量仅次于大象，一旦有入侵者，它就会奋起还击，特别是公犀牛，更是勇敢好战。公犀牛为了争地盘，常常打得天昏地暗，两头公犀牛的战斗场面及扬起的尘沙相当于200个士兵的肉搏。所以古时候人们常用它来做战马。

犀牛鸟是犀牛最好的朋友，它的体重不足半斤。如果说犀牛鸟是弱者的话，黑犀牛便是动物界的强者。但就是这样一位强者也有苦恼的时候，因为它的身上会生长一些讨厌的扁虱和其它寄生虫，有的寄生虫还可致犀牛于死地。而犀牛鸟却非常喜欢这种食物，它们通常停在犀牛的身上找这些寄生虫吃，既填饱了肚子又借助犀牛的利角使自己免遭鹰的伤害，同时还帮助犀牛清除了害虫。另外当危险来临，犀牛鸟还会小声向犀牛发出警告，犀牛便会警惕起来并及早做好反击或逃跑的准备。

生活在海洋中的清道夫鱼专门吃一些嵌在鲸鱼和其它大形食肉鱼类嘴里的残渣，这些残渣会让这些大鱼感到非常不舒服，当清道夫鱼出现在这些大鱼面前时会翻滚身体表明自己的身份，鲸鱼包括一些非常凶猛的食肉鱼类会顺从地张开大嘴，然后清道夫鱼穿到大鱼的嘴里开始饱餐。由于在漫长的时间内形成的默契，清道夫鱼会很安全。

黑犀牛与鲸鱼都算得上是强者，可它们也需要犀牛鸟和清道夫鱼这样的弱者的帮助。大企业的效益也是工人们创造出来的；我们居住的城市如果没有建筑工和清洁工的辛勤劳动，便不会这么雄伟而洁净……这些都是犀牛和犀牛鸟，鲸鱼和清道夫鱼的关系，在我们这个广阔的世界里，弱者与强者是完全可以并存的。所以强者不必自大，弱者也不必自卑，只要敢于奋斗，都可以成为对社会、对世界有用的人。

瞄准一个点

在自然界，不管气候多么恶劣，都有生物在顽强地生存着。气温高达60~80摄氏度的撒哈拉沙漠就是这样。因为一连几个月不下雨，干燥的沙漠在阳光的炙烤下气温越来越高，就是极能耐高温的蛇也得小心翼翼，不然就有被烤熟的危险。白天，在高温期间，蛇只能躲在沙子里，因为沙子的覆盖能避免阳光的直接照射，还可伺机捕捉猎物。它的猎物都是些耐旱的小动物，有蜥蜴、甲虫，还有一些小型飞鸟。如果必须走动，蛇就将身子卷成"之"字形迅速前进，这样可以避免皮肤长时间与炙热的沙子接触，蛇就是以这种方式顽强地在沙漠里生存了下来。

可是，令生物学家不解的是，有一种类似于麻雀大小的鸟，它的生命力比蛇更强。因为鸟儿要到沙地上找食物，所以也不可避免地成为蛇的猎物。鸟儿不但要面对恶劣的自然环境，还要对付来自沙子底下蛇的侵袭，如果它要生存下去，就必须战胜这一切。

美国生物学家克林莱斯有幸拍到了一组这样的精彩镜头。当鸟儿扑扇着翅膀刚刚停在沙地上准备找食的时候，潜伏在沙子里的蛇猛地张开大口窜了出来。眼看鸟儿就要成为蛇的裹腹之物，可是，顷刻间，鸟便从劣势转为了优势。克林莱斯惊奇地发现，鸟儿在用自己的爪子一下又一下地拍击着蛇的头部，尽管鸟儿的力量有限，它的爪子对蛇的拍击似乎构不成什么威胁，并且，蛇依然对鸟儿穷追不舍，但鸟儿并没有停止拍击行动。鸟儿一边躲闪着蛇的血盆大口，一边用爪子拍击着蛇的头部，其准确程度分毫不差。就在鸟儿拍击了1000多下时，蛇终于无力地瘫软在了沙地上，再也别想爬起来。蛇口脱险的鸟儿停在沙地上从容地找到一些甲虫类的食物后，才扑扇着翅膀慢慢地飞走。

鸟儿和蛇的力量对比是悬殊的，它甚至还没有一只麻雀飞得高。生物学家唯一能解释的答案就是，鸟儿在经过长期的经验积累后，终于掌握了一套对付蛇的办法，那就是瞄准一个点，持之以恒地用爪子击打蛇的头部。鸟儿以自己坚忍不拔的抵抗方式赢得了这次力量悬殊的胜利。

在现实生活中，很多人之所以失败，就是因为没有瞄准一个点，持之以恒地走下去，而成功者则瞄准了这个点，并坚持走到了最后。这个点有时是从脑中一闪而过的灵感，有时是一个稍纵即逝的机遇，有时是恶劣的环境中长期积累的生活经验。是的，只要能瞄准一个点，就能敲开成功的大门，哪怕力量微小，但只要坚持，就一定能够到达胜利的彼岸。

有个弱点叫本能

在美国的阿拉斯加州，大约生活着4000只棕熊。每年夏天，阿拉斯加州麦克尼尔河上的瀑布，便成了棕熊的乐园。那里热闹非凡，生机盎然。

每年7月是棕熊活动的高峰期，聚集在麦克尼尔河瀑布的棕熊，比世界上其他任何地方都要多。通常情况下，每天都有30多只棕熊在那里猎捕和饱食蛙鱼，增加身上的脂肪以度过寒冬。

棕熊的捕鱼术千差万别。有的在河边守候，以待对猎物致命一击；有的呆在齐腿深的水中，四下搜寻；有的则偷食同伴的战利品。

一般体型庞大的棕熊自恃力量强大，总能占据较好的位置。因为蛙鱼喜欢向瀑布上游跳跃，以便获得更多的氧气，棕熊掌握了蛙鱼这一本能的弱点，就站在瀑布上游，等待蛙鱼跃起自动送到自己的嘴里。可是那些体型较小的棕熊只能站在较差的位置，或者连较差的位置都轮不上。眼看着体型大的棕熊吃得津津有味，而体型较小者却一无所获，它们便想方设法偷食同伴的战利品。

于是，当体型小的棕熊再次看到体型大的棕熊捕获鲑鱼时，作为弱者的它便决定向强者发起攻击。当弱者试图接近强者时，强者马上本能地张口还击，结果强者刚一张嘴，鲑鱼便掉到了河里。被咬伤的鲑鱼被河水从上游冲到了站在下游的弱者脚边，弱者就一口咬定并转身逃到一边享用美餐去了。

本来，弱者并不敢真正向强者发动攻势，它只不过是想吓唬一下强者，希望得到它嘴里的食物。强者心里其实也很明白，只要它咬定食物不放，弱者根本不可能伤害到它，更不可能抢走自己的食物。但每当弱者走近时，强者便控制不住自己而张口还击，结果每每让弱者得手。弱者也正是利用了强者这一本能的弱点，而成了棕熊队伍里的专业偷食者。这种本能，并不仅为棕熊所有，人类也会一不小心就吃本能的亏。报纸上经常可以看到这样的新闻：两人因为一件小事争吵，由开始的言语攻击，到大打出手，最后令人致命，其实都是由于本能的弱点所致。谁都明白退一步海阔天空的道理，但当身处其境，又总是无法控制自己的本能，而要鲁莽向前。本来只要一转身不予理会，便可轻松解决的事情，结果总是让本能占了上风，往往将事情闹到不可收拾的地步。

所以，人们常说，战胜别人容易，战胜自己困难。只有能够控制住自己本能的人，才能好好地驾驭人生这匹无缰之马；而无法控制住自己本能的人，则只能让人生之马脱缰而去，迟早会有被颠覆的危险。

鳄鱼的看家本领

鳄鱼是世界上最大的爬行动物，也是一种很凶猛的动物。它大部分时间生活在水里，偶尔会爬上岸休息一下。它平时很安静，安静得让任何动物都感觉不到它的存在。别以为它在睡觉，也别以为它是害怕敌人的侵袭，它那是在伪装。它躲在草丛里的时候，是最清醒的时候，只要一发现猎物，它会在无声无息间游过去，突然将猎物杀死。速度快得令人难以想象。

鳄鱼的眼睛和鼻子都长在头顶上，这便于它伪装。它躲在水草中的时候，还可以边呼吸边观察周围的动静。因为它的皮肤皱巴巴的像树皮。很多动物，包括鸟类都以为那是一截木头，便停到它的身上休息，结果便落入了圈套。

鳄鱼可以潜在水下一个小时而不被淹死，这有利于它在遇到体形庞大的猎物时可以在水下搏斗一番。鳄鱼的猎物广泛，大到陆地上的老虎、狮子、角马、野牛，小到空中的飞鸟、水里的鱼虾。特别是在捕食老虎等大型动物时，鳄鱼便会拿出自己的看家本领。当老虎等动物去湖边饮水时，就是鳄鱼最好的捕猎机会。一旦被鳄鱼咬上，动物就要拼命挣扎。这时，鳄鱼会在水里不停地翻滚，陆地上的动物是经不起鳄鱼这样翻滚的，只要翻上几圈或者几十圈，就是再凶猛的动物也被折腾得没气了。因此鳄鱼得了个"天生猎手"的称号。

在欧洲一个淡水湖里生活着大约300条鳄鱼，有40多年研究经验的美国鳄鱼专家格林特姆考证，鳄鱼能活70多年，并且每年都在生长，体重也一年年地增加。因为鳄鱼皮的价值不菲，当地居民便设法捕杀鳄鱼，这样就有了鳄鱼和人类的交锋。据统计，在那条淡水湖里就有40多人死于鳄鱼之口，当然也有不少鳄鱼受害。后来，出台了保护公约，才没人敢再捕杀鳄鱼了。

但是，格林特姆有一天却奇怪地发现，有一条鳄鱼竟被树藤勒死了。这一发现让格林特姆吃了一惊。后来推断出，鳄鱼在捕食一只鸟时，一口咬到了树藤，但鳄鱼以为自己咬到了鸟，在撕扯不动时，它使出了自己的看家本领，在水里不停地翻滚，长长的树藤随着鳄鱼的翻滚将它越缠越紧，鳄鱼终于动弹不得了。由此，格林特姆总结出了一条捕捉鳄鱼的方法，用一根穿着鱼钩的丝线来捕捉鳄鱼，因为鳄鱼皮是由几层纤维组成，很结实，鱼钩一旦挂在皮上，鳄鱼就很难脱身。鳄鱼遇到一时难以征服的猎物总会使出自己的看家本领，它的身子很快便被丝线缠住了，鳄鱼没想到格林特姆正是利用它的看家本领将它轻易地捉住了。他捕捉鳄鱼并不是为了鳄鱼皮，而是对鳄鱼进行研究。比如对鳄鱼身体的检查，给鳄鱼打预防针等，过后自然要将它放生。

像鳄鱼这样的天生猎手，居然不是败在它的弱点上，而是败在看家本领上，这一现象对人类已不再新鲜。一位有着10年工龄的钳工，却被机器轧断了手臂，而有着20年驾驶经验的人却出了车祸……这样的教训值得谨记！

磨砺脚趾的鹰

在澳大利亚的中部，有一片面积相当于法国大小、景色奇特的大沙漠。由于地貌特殊，气候格外燥热，早晚温差很大。十一二月和盛夏时节，白天最高温度接近36摄氏度，夜间则为零下20摄氏度左右。

沙漠的四周像盆地一样围上了一圈岩石，光秃秃的岩石上寸草不生。沙漠里最著名的植物便是仙人掌。那些耐寒且耐热的仙人掌像电线杆一样插在沙漠之中，给这片死寂的沙漠带来了勃勃生机。

砺趾鹰便是生活在仙人掌上的一种鸟，因为只有生活在仙人掌上，砺趾鹰的安全才能够得到保障。仙人掌不但长得高大结实，而且浑身长满了利刺，这样其他食肉动物便无法近前。为了适应仙人掌上比钢针还要锋利的刺，砺趾鹰不得不先在岩石上将自己的脚趾锻炼得比盾牌更加坚韧。

砺趾鹰成年后，会被父母赶出家门，独自去建立自己的新家。这时的"鹰孩子"还没有足够的能力筑巢，因为它们的脚趾还没有得到磨砺。如果贸然飞到仙人掌上去筑巢，那么它们的脚掌肯定会被扎得鲜血淋漓。它们唯一的办法就是像自己的父辈一样，勇敢地扑向沙漠周围的岩石，哪怕是摔得遍体鳞伤，也毫无畏惧。

　　起初科学家们以为，那些"鹰孩子"是因为被父母驱赶后走投无路，绝望之余撞击岩石自杀呢。可是，望着留在岩石上的斑斑血迹和遍地鹰毛，却找不到一只"鹰孩子"的尸体。经过长期跟踪拍摄后，科学家才明白，原来那是鹰孩子在磨砺脚趾，以便让自己尽快能够在仙人掌上筑巢。血淋淋的磨砺是痛苦的，可是，"鹰孩子"如果想在沙漠里生存下去，就必须经历这个过程。

银狐的弱点

在西伯利亚东部地区，生活着一种狐狸，它叫银狐，因其皮毛呈白色而得名。银狐嘴尖、眼圆、耳长、四肢细长、尾巴蓬松且长；生活在森林、草原、半沙漠、丘陵地带，居住于树洞或土穴中；傍晚出外觅食，到天亮才回家。由于它的嗅觉和听觉极好，加上行动敏捷，所以能捕食多种动物，如老鼠、野兔等，也喜欢偷食地里的庄稼，以及当地人养殖的畜禽。

为了保护自己的庄稼和畜禽，当地人与银狐斗智斗勇。可是，无论是放药还是枪杀，都奈何不了银狐，因为它实在太狡猾了：它从来不会吃自己不熟悉的东西，而且行动异常敏捷，猎人根本就追不上它。

人们发现，银狐有一个弱点，那就是特别爱惜自己的皮毛。每天晚上觅食回家后，银狐一定要用舌头将皮毛舔干净后才会休息。于是有人将麻药与松脂油混合在一起，涂抹在银狐常出没之地的树叶和草地上，只要银狐的身上沾上一点，它就一定会用舌头将其舔干净，银狐就这样在不知不觉中被麻醉后倒在了地上。

有一则寓言说一个叫智的人，十分聪明能干。可是，智却有一个弱点，那就是过分爱惜自己的名声，他不能忍受任何人说他的闲话。别说那些怀有嫉妒之心的人的诽谤了，哪怕就是说他的脸上长了一颗痣，他也不高兴。于是，有人知道智的这个弱点后，不但不退让，反而变本加厉地说起了智的闲话。就这样，智不知道跟多少人吵过架红过脸，最终将所有人都得罪了，只得一再搬家。漂泊了一辈子的智，直到终老，也没能找到一个安身之所。

沾在银狐身上的麻醉药与说智的闲话都是一样的，只要不去理会，根本就奈何不了谁。在生活中，其实人们都知道这个道理，可是，人们又都忍不住要去计较，结果在不知不觉中，将自己一生的幸福搭了进去。

适应环境

　　美洲鹰生活在加利福尼亚半岛上，由于其价值不菲，在当地人的大肆捕杀以及工业文明对生态环境的破坏下，美洲鹰终于绝迹了。可是，近年来，一名美国科学家，美洲鹰的研究者阿·史蒂文，竟在南美安第斯山脉的一个岩洞中发现了美洲鹰。这一惊奇的发现让全世界的生物科学家对美洲鹰的未来又有了新的希望。

　　一只成年美洲鹰的体重达20公斤，两翼自然伸展开后长达三米。由于加利福尼亚半岛上的食物充足，将美洲鹰养成了这样一种巨鸟，它锋利的爪子可以抓住一只小海豹飞上高空。可是令人奇怪的是，就是这样一种驰骋在海洋上空的庞然大物，竟然能生活在狭小而拥挤的岩洞里。阿·史蒂文在对岩洞的考察时发现，那里布满了奇形怪状的岩石，岩石与岩石之间的空隙仅15厘米，有的甚至更窄。那些岩石像刀片一样锋利，别说是这么个庞然大物，就是一般的鸟类也难以穿越。那么，美洲鹰究竟是怎样穿越这些小洞的呢？为了揭开谜底，生物科学家阿·史蒂文利用现代科技，在岩洞中捕捉到了一只美洲鹰。阿·史蒂文用许多树枝将鹰围在中间，然后用铁蒺藜做成一个直径15厘米的小洞让它飞出来。美洲鹰的速度迅速无比，阿·史蒂文只能从录像的慢镜头上细看，结果发现它在钻出小洞时，双翅紧紧地贴在肚皮上，双腿却直直地伸到了尾部，与同样伸直的头颈对称起来，就像一截细小而柔软的面粉条。它是用以柔克刚的方式轻松地穿越了蒺藜洞。显然，在长期的岩洞生活中，它们练就了能够缩小自己身体的本领。

在研究中，还进一步发现，每只美洲鹰的身上都结满了大小不一的痂，那些痂也跟岩石一般坚硬。可见，美洲鹰在学习穿越岩洞的时候也受过很多伤，在一次又一次的疼痛中，它们终于锻炼出了这套特殊的本领。为了生存，美洲鹰只能将自己的身体缩小，来适应狭窄而恶劣的环境，不然便很难得到新生！

千万年来，动物与人类都在为生存而战。如果不想被淘汰，就得像美洲鹰一样，以改变自己的方式，来适应不断变化的生存环境。尽管"缩小"自己的过程会千难万险，甚至流血流泪，但只有勇于"缩小"自己，才能扩大生存空间。"人不可能都生活在自己的意愿之中，只能是生活在对环境的适应之中。"

伤口多了就是锯

在南美洲海域，大约生活着100种锯齿鱼，唯有一种叫做猛鲑的锯齿鱼最为凶猛。猛鲑身长大约50厘米，身上长满了锋利的锯齿。虽然个子不大，但它却敢攻击比它体形大上百倍的鱼类。如果碰上鳄鱼，它们会一拥而上，只一眨眼功夫，鳄鱼便被猛鲑切割成了无数小片，再过一会儿，那些小片就已进了猛鲑的肚子。

据说，在大约5000年前，猛鲑并不属于锯齿鱼类，它的身体像一把刀，却没有刀锋。它们性情温顺，对其他鱼类没有攻击性，主要以浮游生物和一些海藻类植物为生。可是，它们却常常遭到其他食肉鱼类的攻击。

为了生存下去，它们只得学习快速游动身体，来躲避那些食肉鱼类。由于游速加快了，虽然危险依然存在，但总能让生命得到保全，可是受伤却是免不了的。每次被咬伤后，猛鲑的身上便缺少了一块肌肉。尽管每一次受伤都令猛鱼疼痛难忍，但它依然顽强地生存着。伤口多了，猛鲑全身都变得坑坑洼洼，远远望去，就像一把锯一样，长满了尖尖的锯齿。

　　慢慢地，猛鲑发现，自己身上的伤口不但变成了锯齿，而且十分锋利，那些食肉鱼类见了它，不仅再也不敢随意攻击，而且还躲得远远的，生怕被它的锯齿所伤。如今，猛鲑已被人们正式冠以"锯齿鱼"的称号，而它也由原来的弱者，变成了海洋中的强者。

靠自己的力量飞翔

艳阳高照，风儿骤停。一只鸟儿落在了一棵树的枝头上，它想停下来休息一会儿。这时，一只风筝飘飘摇摇地从天而降，并落在了鸟儿的面前。

鸟儿望了风筝一眼，觉得有些奇怪。于是问风筝："你是从哪儿来的？在这里干什么？"风筝反问鸟儿："你又是从哪里来的？在这里干什么？"鸟儿回答："我是从天上来的，因为飞得累了，在这里歇歇脚。"风筝也说："我也是从天上来的，在这里歇歇脚。"

鸟儿又问风筝："这么说，你也会飞翔？"风筝说："我当然会飞翔了，不然，我怎么会是从天上来的呢？"鸟儿看了看自己，又望了望风筝，说："为什么我觉得咱们有点不一样呢？"风筝说："有什么不一样的？你看，你有一对翅膀，我也有一对翅膀，所以我们都会飞呀。"鸟儿仔细看了看自己，又望了望风筝，点了点，说："你说得对，咱们都有翅膀，确实是一样的。"

就这样，在跟风筝玩了一会儿后，鸟儿觉得已经歇息够了，于是对风筝说："我要飞走了，你要不要跟我一起飞走呢？"风筝说："我也歇息够了，当然也要飞走了。"

　　说着，鸟儿扑的一声展开了翅膀，并飞离了枝头。可是，风筝依然没有动静，鸟儿赶紧对风筝说："快呀，咱们一起飞走呀。"风筝急得满头大汗，说："我……我怎么飞不起来了呢？"鸟儿说："你不是有一对翅膀吗？只需要跟我一样，展开翅膀就能飞起来了。"

　　可是，任凭风筝怎么展翅，依然飞不起来。这时，风筝想起来了，说："可能是因为没有风吧。"鸟儿说："咱们有翅膀，要风干什么？"风筝说："我以前飞翔的时候，也是因为有风的缘故。"

　　鸟儿说："我只靠自己的力量飞翔。"说完，便远远地飞走了。而风筝依然停在树上，苦苦地盼望着风的到来。

　　飞越千山万水，要靠自己的力量；走过漫长人生，也要靠自己的力量。凡是依靠别人力量取得的成功，注定不会长久。

阿拉斯加的慈悲鸟

在北美洲西北角，有一个地方，东面是加拿大，西面是白令海峡，南北分别是浩瀚的太平洋和寒冷的北冰洋。因为这个地方布满了森林，所以吸引了大量的鸟类来此居住，其中被土著人称为"慈悲鸟"的鸟类数量最多。之所以称它们为慈悲鸟，是因为它们在抚养幼鸟时，只要听到发出和幼鸟相同的"饿啊！饿啊！"的叫声，鸟儿便会将口里的食物向叫声方向投去。叫得越凶，它们捕食便越勤。慈悲鸟不停工作的原因，是因为它们拥有一颗慈悲的心。

生活在那里的一部分土著人，利用慈悲鸟的慈悲心，过上了衣食无忧的日子。他们学着幼鸟的叫声，整天坐在一块地毯旁边，不停地叫着"饿啊！饿啊！"，于是便有无数的慈悲鸟飞来投掷食物。等地毯上堆了鱼虾和蛤蜊，他们便满意地打包回家了。这些人将一部分食物拿去换钱，一部分留下自己吃，很快便过上了富裕的生活。

但是，并非所有的人都会坐在那里等待慈悲鸟投掷食物，绝大部分人不屑于那样做，而是坚持亲自下海捕鱼来养活家人。他们认为哪怕是辛苦些，用自己的双手创造生活，日子过得更坦然。还有一部分人，他们认为学幼鸟的叫声来欺骗慈悲鸟是不道德的，而且慈悲鸟因为整天要"照顾"喊"饿啊"的人，来不及照顾幼鸟，致使许多幼鸟饿死了。为了不让慈悲鸟灭绝，他们用自己捕来的食物喂养幼鸟。

岛上渐渐形成了三类人：第一类人专靠慈悲鸟施舍生活；第二类人自给自足；第三类人不但自给自足，还要喂鸟，担当起保护慈悲鸟的重任。

突然有一天，一场大火毁掉了岛上的森林，慈悲鸟被迫迁走了，从此很多人的生活便乱了套。第一类人因为习惯了慈悲鸟的施舍，他们除了会喊"饿啊！"外，再也不会干别的事情，于是便跑到大街上继续喊"饿啊！"；第三类人因为习惯了给幼鸟喂养，于是他们便将慈悲心给了那些在大街上喊"饿啊！"的人；第二类人依然过着自给自足的生活。

这个岛便是今天美国的阿拉斯加州。

阿拉斯加州有150多万平方公里的辽阔土地，相当于三个法国或七个英国那么大。阿拉斯加州如今已成为一个世界级的发达地区，当地居民除了大部分自给自足外，还生活着另外两部分人，一部分为慈善家，还有一部分为乞讨者。

第二章 /

雄狮的吼声

捕鱼需要一张网

大师喜欢带着一群弟子周游世界。白天，大师给所到之处的民众讲学，晚上，大师则给自己的弟子们讲学。

可是，弟子们渐渐发现，大师白天跟民众讲的内容，与晚上跟弟子们讲的完全不同。不但如此，就是所讲内容的数量与广度，也有很大的差距。大师白天对民众所讲的内容非常少，而晚上对弟子们讲的内容却很多。不但内容多，而且是天文、地理、政治、经济包罗万象，非常庞杂。因为要学的东西实在太多，弟子们深感吃力，于是怨言也就多了起来。

由于大师每到一处，所讲的内容都是一样的，弟子们竟然都能将大师所讲的内容倒背下来。于是，有弟子提出，既然讲学只需要这么一点内容就行了，那么大师何不就只教我们那点内容呢？反正其他的内容，我们就是学了也用不上。这样，不但大师轻松了，还能让我们省点精力去干点别的事情。

面对弟子们的疑惑，大师并不恼怒。只是将弟子们带到了一处水塘。大师问弟子们："你们会捕鱼吗？"弟子们一起回答："会。"于是，大师交给每人一个网眼，让大家去水塘里捕鱼。

弟子们每人拿着一个网眼，面面相觑：一个网眼怎么能捕到鱼呢？大师不语。弟子们只得拿着那个网眼下了水塘，当然，任凭他们怎么努力，也没人能将鱼捕上岸来。

见大家一无所获，接下来，大师交给了他们每人一张网，让他们再下到水塘里去捕鱼。这回，只一会儿功夫，每人便捕回了一条或者数条鱼上岸了。

鱼是捕上来了，但大家依然不明白大师的用意。见大家还是一脸疑惑的表情，大师说："尽管每次网到鱼的不过是一个网眼，但要想捕到鱼，就必须先编织一张网。学习知识也是同样的道理，你能给别人的也许只是一杯水，但你自己却要为此准备至少一桶水。"

雄狮的吼声

一头刚成年的雄狮，在离开妈妈即将走向草原的时候，妈妈告诉它：狮王的威信在于它的吼叫，但吼得多了，威信也就没有了。因为一颗即将爆炸的炸弹，远比一颗已经爆炸的炸弹恐怖得多。切记，不可滥用自己的吼声。

雄狮牢牢地记住了妈妈的话，出发了。后来，当雄狮在面对草原上诸多的动物时，多数时间只是张张嘴，龇龇牙，却并不吼叫。雄狮的这一动作，果然让许多动物胆颤心惊，不敢造次。于是，雄狮的地位就这样一天天地得到了提高。

突然有一天，一群饿疯了的鬣狗，不顾一切地跟雄狮争抢食物。雄狮张了张嘴，鬣狗便哄地一声跑开了，但还没等雄狮进餐，鬣狗又叫唤着围了上来。这时，雄狮又龇了龇牙，鬣狗又哄地一声跑开了，但依然没等雄狮进餐，鬣狗又叫唤着围了上来。就这样，反复多次之后，雄狮依然没能将鬣狗赶走。最后，雄狮只得无可奈何地放弃了食物，独自离开了。

雄狮越想越委屈，于是便找到了妈妈，说："您的话怎么不管用了呢，我又是张嘴，又是龇牙，并没有吼叫，但就是没能将鬣狗赶走！"

　　妈妈说："我确实说过，一颗将爆的炸弹，远比一颗已爆的炸弹恐怖得多，但如果那颗炸弹老是不爆，别人会认为那是一颗哑弹。所以，在适当的时候，你还是要发出自己的吼声！"

　　当雄狮再次面对鬣狗的围捕时，终于发出了一声长长的狮吼，鬣狗果然吓得四散而逃，再也不敢围上来了。

藏在心里的三匹马

从前，有一个车夫养了三匹马，名字分别叫遗憾、忧虑、信念。每天，他都带着这三匹马去拉货。后来，他发现这三匹马越来越不中用了，不但拉的货越来越少，而且越走越慢。车夫想不通这究竟是为什么，于是便去请教已经退休的师傅。师傅问："最近是不是有新的车夫加入了你们的拉货队？"车夫惊讶地说："是的，那个人还是我介绍来的呢！您是怎么知道的？"师傅没理会车夫的惊讶，又问："那个新来的车夫肯定是个拉货的高手，对不对？"车夫十分佩服地说："您说的一点都没错。我要是早知道他是个拉货高手，我就不介绍他来这里了。"

师傅点了点头说："我知道答案了，现在，我劝你赶紧将那两匹分别叫遗憾和忧虑的马杀掉！"车夫不解地问："您没有搞错吧，我总共才三匹马，您让我一下子杀掉两匹，那我以后还怎么拉货呢？"师傅平静地说："你一定要听我的话，只留下那匹叫信念的马就行了！"尽管车夫不解，但还是照着师傅的话去做了。车夫惊讶地发现，原来三匹马的效率竟然没有一匹马的效率高。当他兴冲冲地再次来到师傅面前时，师傅笑着说："你是不是来向我报喜的？我说的话没错吧！"车夫只是一个劲地点头，半天说不出一句话来。师傅接着说："其实，我们每个人心里都藏有三匹马，那就是遗憾、忧虑和信念。那天，我一眼就看出你给遗憾和忧虑喂的草料比信念喂的草料还要多，因为遗憾和忧虑长得膘肥体壮，而信念却瘦弱不堪。所以我让你赶紧把遗憾和忧虑这两匹马杀掉，然后将所有的草料都拿来喂养信念。因为遗憾习惯往后看，忧虑习惯左顾右盼，只有信念喜欢朝前看。要知道，真正能让你成功的不是遗憾，也不是忧虑，而只能是信念啊！"

捕猎需要两只狗

　　猎人史蒂夫有两只狗，一只叫罗斯，一只叫汤姆。因为每次狩猎都有不小的收获，所以史蒂夫总要拿出一部分来奖励它们。有时是两只兔子，有时是两只野鸡，当然是罗斯和汤姆平分。数年来一直都是这样。

　　史蒂夫的儿子戴维，是一家公司的职员。他是个实干家，为公司出了不少力，可是，公司领导却从来没有多给他一些奖励。每次看到那些只会夸夸其谈而不干实事的家伙，也得到了和他一样的待遇，他便打心眼里感到气愤。这两天就是因为气愤，才请假回家散心的。当他得知父亲也是这么一个"领导"时，很不理解：难道这两只狗就没有一只更强，一只稍微差一点？有竞争才有进步嘛，何不让它们竞争一下，看谁捕得多，谁得到的奖励也就多，狗虽然不懂得为自己争取利益，但我们当主人的要为它们争取才行啊。

　　戴维认真地研究了罗斯和汤姆这两只狗的习性，发现罗斯在捕猎时喜欢一个劲地狂吠，但不敢向前冲，而汤姆则一声不吭，只管往前冲。这不是明摆着的吗？罗斯肯定是一个夸夸其谈而不干实事的家伙，而汤姆才是一个不说话、只做事的实干家。

　　趁着父亲不注意，戴维决定带两只狗出一次猎，他要对父亲的工作进行改革。他将汤姆放在东边山头上捕猎，而将罗斯放在西边山头上捕猎，这样两只狗捕多捕少不就很清楚了吗？一个小时过去了，两只狗都一无所获；两个小时过去了，当两只狗得到指令气喘吁吁地来到戴维身边时，戴维连只兔子也没看到。

这时史蒂夫才哈哈大笑着站在了他的面前。原来父亲早就知道自己要这么干，一直跟着自己呢。史蒂夫跟儿子戴维说，孩子，其实我也很清楚罗斯是只会叫的狗，而汤姆则是一只会捕捉猎物的狗，在两只狗的合作中，汤姆有可能多出了一些力气，而罗斯则少出了点力，但当它们一旦分开，则往往一事无成。因为在捕猎时一般都需要一只狗叫唤，当猎物吓得失去了方向不知所措时，另一只狗则不动声色地绕到猎物的身后将其捕获，两者缺一不可啊。这个世界上没有绝对的公平，只有不计个人得失，大家齐心协力，才能干出一番成绩啊，小到一个家庭，大到一个公司，一个国家都是这样。戴维惭愧得低下了头。

什么比药更灵验

在新西兰野生动物保护中心，托蒂医生为了挽救一头小非洲狮而大伤脑筋。因为这只还未满两周岁的小非洲狮是从非洲大草原空运过来的，所以十分珍贵。可是谁知它在进食一只鸡时，喉咙被骨头卡住，由发炎至肿胀，导致无法进食。本来对于托蒂医生来说，这是个小问题，一般情况下只需给它打几针就会好的。可是，这只小非洲狮好像对抗生素药物产生了抗体似的，就是不见好。眼见快一个星期没有进食的小非洲狮已是奄奄一息，托蒂医生急得都快要哭了。

保护中心几乎请来了新西兰所有的医生，他们都跟托蒂医生一样毫无办法。于是，托蒂医生在网上发布了求救信息。好心的网友们都争相发言，有的向托蒂推荐技术高超的医生，有的说应该将它送回到非洲大草原上去。最后，一名叫凯琳的12岁小女孩的发言引起了托蒂医生的注意。凯琳建议说，可以每天用手去摸摸小非洲狮的头，这样也许它会好得快些。凯琳还举例说，她曾经收养过一只小流浪狗，刚开始流浪狗什么也不吃，眼看奄奄一息的它快要死了，凯琳便用手去摸它的额头，她发现小流浪狗很听话地让她摸，就像小凯琳生病时，妈妈摸她的额头那样，不久，小流浪狗就好了。

　　对于小凯琳的建议，许多医生都觉得太荒唐了，一个小孩子的话岂能当真？如果只需用手去摸摸它的额头就能将小非洲狮摸好，那还要医生干什么？可是托蒂医生却像是发现了新大陆一样惊喜异常。果然小非洲狮在托蒂医生温情的抚摸下一天天好了起来。

　　托蒂医生终于知道，比药物更好的治疗方式是关爱。

奔跑的秘诀

突厥人主要分布在土耳其、阿塞拜疆、吉尔吉斯斯坦等地，他们讲突厥语，早期突厥人都是靠捕猎为生。突厥人生得剽悍强壮，擅长奔跑、跳跃等运动，他们奔跑的速度接近于捕猎专家豹子。

听说突厥人的孩子长到5岁时，他们便会将一张祖传的秘诀交给孩子，让孩子们学习奔跑、捕猎、跳跃等运动项目。于是突厥人教育孩子的那份秘诀，便成了一个令人向往而又解不开的谜。

很多想将自己的孩子培养成长跑冠军的人，都希望请一个突厥老师来教自己的孩子学习跑步。于是，经常有各个国家不同民族的人四处寻找突厥人的踪迹。可是，别说那张秘诀很难找到，就是找到了，由于不懂突厥语，根本就没人能看明白秘诀里所写的意思。

有人经过长期跟踪并拍下了突厥人的捕猎过程。发现突厥人虽然强壮善猎，但因为他们的工具太原始，他们捕猎失败的几率其实很高，大约为99%。也就是说，100次行动，只有一次能够成功。他们大部分时间都处于一种饥饿的状态，在草丛中埋伏了很多天，在森林中奔跑了上百次，也许连一只兔子的影子也看不到，可是他们却从不因失败而气馁。

究竟是一种什么力量，让他们在这种艰苦的条件下，还学得了如此超强的本领呢？从突厥人一代比一代善跑这一点来看，也充分证明了突厥人在教育后代时的那份秘诀的力量。

最近，有一位懂得突厥语的专家，终于为人们解开了这个秘密。他说，突厥人在交给孩子们的那份秘诀上是这样写的：跌倒了爬起来，爬起来再跌倒，然后再爬起来，就学会了。

勇敢面对

　　美洲狮是南美洲大草原上最大的猫科动物，一头成年雄狮重达300公斤，一头母狮的体重也有200多公斤。它们最喜欢捕食的猎物是野牛，捕捉一头野牛与捕捉一只鬣狗需要花费的精力与体力差不多，而一只鬣狗重20公斤，还不够一只狮子吃一顿，一头野牛却有600公斤，足以让两头成年狮子和它们的两个孩子吃上两天。因为狮子的胃口大，所以它们喜欢体壮肉厚的野牛。只要沿着野牛的足迹，就一定能够找到美洲狮。

　　埃里克是美国一名刚毕业的生物学研究生，他的课题就是研究美洲狮。为了找到美洲狮的足迹，拍摄到野生美洲狮的镜头，了解它们的生活习性，他放弃了优越的城市生活而投身野外。

　　尽管在出发前，埃里克已翻阅了大量关于美洲狮的资料，可他还是不敢轻易接近美洲狮。因为在抵达草原的当天，埃里克便听到了当地土著人关于美洲狮吃人的种种传说。美洲狮与土著人在草原上已对峙多年，每年都有不少人死于美洲狮之口。以前，埃里克曾在一位同行那里看到过关于美洲狮吃人的录像片，那场景十分惨烈，两头美洲狮疯狂地追逐着一位土著人，土著人吓得没命地奔跑，但很快就被美洲狮撕成了碎片。以前，埃里克并未将那部录像片放在心上，现在，从土著人谈"狮"色变的情景中，他越来越感到了美洲狮的可怕。

不管美洲狮如何可怕，对于一位生物研究者来说，都值得冒险一回。沿着野牛的足迹，埃里克在草原上找到了一对美洲狮，它们很有可能是一对夫妻。用望远镜远远地观察，总是让埃里克感到不满足，他很想近距离地对美洲狮进行拍摄。

有一次，埃里克发现两只美洲狮外出捕猎了，便悄悄地潜伏在洞穴旁，准备将摄像机架在那里拍摄，结果竟然被狡猾的美洲狮发现。当埃里克回头看到两只美洲狮，瞪着四只铜铃似的眼睛望着他的时候，顿时吓得手足无措，幸好摄像机有支架撑着，不然早摔在了地上，这一幕是埃里克怎么也想不到的。

由于经验不足，几乎吓傻了的埃里克居然忘了逃跑。两只美洲狮静静地与埃里克对峙了几分钟后，竟然没有伤害埃里克，而是一声不响地转身回到了自己的洞穴。原来，以前土著人面对美洲狮的时候，总会惊慌失措地逃跑，美洲狮就会条件反射地追捕，现在面对站在原地一动不动的埃里克，它们反而不知如何应对，最后只得选择逃离。

人生中，其实很多困难并没有我们想象中的那般可怕。如果你选择逃避，它越发强大；如果你选择勇敢面对，它便显得微不足道。

倒飞的鸟

在茫茫的亚马逊热带丛林，生活着一种倒着飞翔的鸟，它的名字叫蜂鸟。传说，这种鸟以前并不是倒飞的，而是和其它鸟一样往前飞。虽然蜂鸟的体型不大，但它的家族兴旺，如果全体出动，那将是一个庞大的阵容。它们扇动着翅膀，可以遮云蔽日，让大片的森林笼罩在它们的阴影之下。

蜂鸟家族还有一个规矩，那就是只准向前不准退后，如果有胆小的蜂鸟临阵退缩，就会遭到很多蜂鸟的围攻，最终被自己的同类啄死。那时，蜂鸟并不像如今的蜂鸟这样只吃蜂蜜，只要是它们想吃的东西，它们就一定能吃得到。整个热带丛林，没有哪种动物没有遭到过蜂鸟的攻击，并且也没有哪种动物不害怕蜂鸟，蜂鸟成了"亚马逊之王"。

一个偶然的机会，改变了这种局面。那是一次森林失火，由于蜂鸟天生敢于搏斗不怕牺牲的性格，蜂鸟容不得比它们更加厉害的东西存在，它们看见烈火熊熊地在丛林中飞舞，大片大片地占据了它们的领地，蜂鸟愤怒了。在蜂鸟王的指挥下，蜂鸟们一群群地向烈火扑去。结果一群群蜂鸟死在了烈火中。但蜂鸟们不能退缩，再次冲锋的结果是，蜂鸟们死伤惨重。眼看蜂鸟家族就要全军覆灭，这时，蜂鸟群中有一只蜂鸟动摇了，它试图往后退，蜂鸟王一眼就看见了那只临阵退缩的蜂鸟，当它狂怒地指挥其它蜂鸟向那只临阵退缩的蜂鸟扑去时，其它蜂鸟并没有像往常那样向这个背叛者扑去。令蜂鸟王不解的是，还有一小部分蜂鸟也跟着那只蜂鸟一起向后飞去。

蜂鸟王和更多的蜂鸟成了那次烈火的牺牲品，而那一小部分蜂鸟则活了下来，并延续了蜂鸟的种类。后来的蜂鸟便一直倒着飞翔，并且不再动辄攻击其它动物，它们变得性情温和，而且只吃花蜜。尽管它们弱小，但在那片丛林中也有它们的一处生存空间，它们与整个丛林的生灵同在。

如果当初没有那只肯退一步的蜂鸟，蜂鸟的种类也不可能得以延续。很多时候，人们都会陷入一种盲目的追求中而不知醒悟，如果人人都懂得退一步海阔天空的道理，那么人生还有什么坎过不去呢？

愤怒的力量

　　猎人拉尔森的儿子布迪特，觉得自己的父亲不但不是一个好猎人，也不是一个好父亲。为了让父亲知道什么样的猎人才是合格的猎人，他决心首先要将自己变成一名真正的猎人，让父亲从此对他刮目相看。

　　猎人离不开猎狗，布迪特的工作要从养好猎狗开始做起。于是，他悄悄地去狗苗场选了一些优良的小猎狗回来。布迪特给那些小猎狗睡最舒适的狗窝，吃最好的狗粮，还买回来最好的培训资料，对小猎狗进行特别的培训。就是这样精心地饲养，布迪特还不放心，生怕猎狗的骨骼发育得不够好，于是他又给每只猎狗每天补吃一块钙片。

　　两个月后，小猎狗一个个长得膘肥体壮，很是惹人喜爱。与父亲养的那些瘦弱不堪的猎狗相比，简直是天壤之别。布迪特心里很是得意，于是他迫不及待地带上自己的猎狗打猎去了。可是，令布迪特没有想到的是，他的猎狗追起野兽来却是如此失败，一连好几天，别说像野猪这样的大型动物了，就是连一只野兔也没有捕到。

　　而父亲的猎狗捕回来的猎物，已经在小院子里堆成了一座小山包。为什么会是这样的呢？布迪特百思不得其解。这时候，布迪特的父亲拉尔森，哈哈大笑地站在了布迪特的面前。拉尔森说："儿子，我建议你还是撤掉那些舒适的狗窝和美味的狗粮吧，像我一样，让猎狗睡地铺，吃粗粮，只有这样，那些猎狗才会愤怒，也才能成为真正的猎狗。正如你一样，儿子，我没有给你锦衣玉食，你从心底里恨我，于是，现在渐渐长大的你总想干出一番成绩来证明自己的能力，我相信你一定能够做得到！"

布迪特听从了父亲的话，撤掉了舒适的狗窝和美味的狗粮，只让猎狗睡地铺、吃粗粮。开始时，猎狗们一个个显得无所适从，它们由烦躁不安渐渐地变得暴怒不已，不出数日，那些膘肥体壮的家伙，一个个变得瘦弱不堪。可是，令人奇怪的是，那些猎狗却为布迪特捕回了大量猎物。这时，布迪特才惊讶地发现，父亲看似残酷的做法竟然是对的。

人生中，真正能够激励人成长成才的，并不是安逸富足的生活，而是那些令你不满甚至痛恨的日子！

报恩的蝴蝶

在"二战"期间，德军包围了列宁格勒，企图用轰炸机摧毁其军事目标和其他防御设施。情况分外危急，有一位名叫施万维奇的昆虫学家也被困其中，眼看就要全军覆灭。这时，施万维奇发现，由于战火的洗礼，军营附近的生物都惨遭伤害，作为昆虫学家的他很是痛心。突然他看到不远处的树枝上停着一只蝴蝶，那是一只美丽的花蝴蝶，它在阳光下伸展着美丽的翅膀，施万维奇看得呆了，他的眼前仿佛出现了一个美丽而祥和的世界，他不由得在心里喊了一句，和平真好啊，但愿这个世界永远不要有战争。他向蝴蝶挥了挥手，希望那只美丽的蝴蝶远离战火，远离这个危险的环境。但是那只蝴蝶刚想努力起飞，又停在了树枝上，反复试了几次还是没法起飞。经验丰富的施万维奇看出了其中的隐情，那只蝴蝶一定是受伤了。他小心翼翼地爬过战壕，慢慢地向蝴蝶靠近，然后又小心翼翼地将蝴蝶从树上捉了下来，带回军营后，他又仔细地给蝴蝶看了病，原来它的翅膀受了伤，施万维奇又小心地给蝴蝶上了药。两天后，蝴蝶康复了。施万维奇依依不舍地将蝴蝶放回了大自然。

第二天一早，奇迹出现了，施万维奇和他的战友们发现，一夜之间，他们的门前停满了蝴蝶，花花绿绿的在阳光下闪烁着美丽的翅膀，分外耀眼。施万维奇激动极了，研究昆虫多年，他还没有见过如此壮观的场面。施万维奇突然灵机一动，如果用这些蝴蝶来将军事基地伪装起来，那么德军的飞机不就发现不了他们了吗？但是，虽然这里一夜之间突然多出了许多蝴蝶，但对于整个军事基地来说，还是不够呀。最后，他想出了用黄、红、绿三种颜色涂在军事基地上的方法，将军事基地装扮成了一件大大的迷彩服。因此，德军在飞机上看到的只是一片花草蜂蝶的海洋。尽管德军费尽心机，但列宁格勒的军事基地仍安然无恙，为赢得最后的胜利奠定了坚实的基础。根据同样的原理，后来人们还生产出了迷彩服，大大减少了战斗中的伤亡。因为蝴蝶的翅膀在阳光下时而金黄，时而翠绿，有时还由紫变蓝。科学家通过对蝴蝶色彩的研究，为军事防御带来了极大的裨益。

事后，施万维奇对那次的蝴蝶集会的唯一解释便是，肯定是那只蝴蝶为了报恩，而号召同伴利用自己天生伪装的特长来为施万维奇的军事基地作掩护的。动物尚且懂得知恩图报，何况人呢！如果每个人都有一颗善心，都乐于助人，都懂得投桃报李，如此循环，那么这个世界便是个温情无限的世界。而你平时的每一次不经意的善举，都会给这个社会和我们自己带来巨大的回报。

低头就有路

　　经常从电视上看到关于企鹅的节目，以前只知道那些家伙长得很可爱。当对它们的了解加深后，才发现，它们的世界与人类的世界竟也有着千丝万缕的联系，我还从中感悟到不少人生的道理。

　　企鹅是南极的象征。这些步态蹒跚、身穿燕尾服的"南极绅士"，千万年来在南极这块神秘的土地上繁衍生息。企鹅体长60多厘米，体羽皆为白色与黑色，腹部白色并杂有一二条黑色横纹，皮下脂肪甚厚。两翼成鳍状，羽毛细小呈鳞状。企鹅的繁殖是在极恶劣的气候条件下进行的，它们恋巢爱子，有时也偷邻居的卵，霸占其他企鹅的巢，把别的小企鹅夺过来抚养。因此，做"父母"的企鹅一刻也不肯离开自己的孩子。

　　企鹅营造巢穴使用的材料，是它们唯一搬得动的鹅卵石，为了建造直径大约10厘米的巢穴，企鹅夫妇必须四处寻找足够的石块。生物学家认为，有没有足够的小石块，是制约企鹅繁殖的一个重要因素。通常，人们只知道企鹅是一种非常可爱的动物，没想到它们的攻击性极强，它们是群居动物，却又时常与同伴发生矛盾，每次为了一块小小的鹅卵石，也要发生一场激烈的争吵，如果遇上不讲理的，还要大打出手。

　　最为壮观的是，每过一段时间，便有成千上万只企鹅站在雪白的海滩上互相争吵、打闹。其实不讲规则的只是极个别的企鹅，正是那些极个别的企鹅激发了所有企鹅好斗的天性，从而让这个群体乱了套。于是，整个海滩便成了一个喊杀声震天响的大战场。在这样一个极度混乱的战场上，杀红了眼的企鹅们，可不管你愿不愿意厮杀，只要是两只企鹅遇上了，便要杀个你死我活。

　　但，也有不愿意厮杀的：一只急着回家看孩子的企鹅，在混乱的海滩上低着头，一路往家的方向狂奔，居然没有一只企鹅拦住它厮杀，很快，原本拥挤的海滩居然自动让开了一条路，那只一直低着头的企鹅，只一小会儿功夫便回到家里，与自己的孩子团聚了。原来，在企鹅家族中还有一个规矩，那就是从不向低着头的同类挑战。

　　这个规矩与人类的一句俗语很吻合，那就是：伸手不打笑脸人。生活中的磕磕绊绊很难避免，靠五谷杂粮为生，每天与生活琐事打交道的人们，谁没有个不愉快的时候，谁没有一点小脾气，不使点小性子，如果没有人低头谦让，那么人类的生活就会像企鹅决斗的海滩一样乱成"一锅粥"。

　　但是，看似复杂的生活，其实也藏着一个简单的道理，原来只要低一下头，不去与街边的小贩为了鸡毛蒜皮的小事理论，不去与无意中踩了你一脚的路人计较，你就能够快速回家，你的脚下就会立即出现一条宽阔的道路。人生中，如果你能够做到不为蝇头小利所惑，不与他人争一时的高低，你的人生之路也会变得豁然开朗。

自己打败自己

　　狮子因为它的凶悍而成为"百兽之王"。只要它一声怒吼，其它动物莫不心惊胆颤俯首称臣。狮子傲慢的神态激怒了蚊子，蚊子决定向狮子挑战。蚊子在狮子的面前飞来飞去，趁机咬了狮子的鼻子一口。狮子生气了，用它锋利的爪子用力地抓蚊子，可是蚊子太灵活了，任狮子怎么抓也抓不到。狮子怒吼一声，蚊子被吹得无影无踪。狮子乐了，不就是一只小小的蚊子吗？可是令狮子想不到的是，不一会儿蚊子又回到了狮子的身边，并且很轻蔑地说，我还以为你很厉害呢，原来就这么两下子！狮子再次怒吼一声。

　　但蚊子再也没有被狮子的怒吼吓走，而是哈哈大笑说，怎么样，没能耐了吧。狮子只听到蚊子在说话，但却看不到蚊子在哪里，狮子气得在原地直转圈，但蚊子仍然在取笑它。狮子更加愤怒了，一连在地上打了好几个滚。当狮子刚停下来喘几口气时，蚊子又说话了，怎么样，奈何我不了吧。狮子在草地上狂奔起来，它越是不停地奔跑，蚊子的声音离它越近。狮子终于被它自己折腾得累趴下了，可蚊子并没有罢休，还趁机在它的身上东咬一口西咬一口。狮子只得爬起来继续跑。狮子终于累死了。蚊子这才慢腾腾地从狮子的耳朵里飞出来，对着死去的狮子骂了一句"笨蛋"，我就躲在你的耳朵里，你都抓不到！

　　很多时候，人总是被像蚊子这样的小人物折腾着，有人说，你这样不好。你就这样跟他计较；有人说，你那里有问题，你就那样跟他计较。你每跟他计较一回，你都要气得吃不下饭，或者睡不好觉，最终被自己折腾得憔悴不堪。就像那只被蚊子折腾而死的狮子一样，如果狮子根本就不理蚊子，蚊子怎能奈何得了狮子？往往自认为很强大的人，其实不堪一击。

雕的羽毛

雕喜欢将巢筑在高山的岩石或乔木上，因为站得高才能看得远。它们有着尖利的喙和爪，并善于在飞翔中捕食。尤其是它们独特的羽毛，能将它们带到所有它们想去的地方，所以它们几乎没有天敌。

一天，站在树枝上的雕，看到一只老鼠在地面上奔跑，于是迅速飞下树枝，用利爪抓住老鼠后，又飞上了树枝。这时，一名猎人看到了雕，便试图搭起弓箭，准备射雕。

谁知，雕头也不抬地对猎人说："你就别费劲了，你是射不到我的！"猎人一惊，问："为什么？"雕说："因为你的箭没我飞得快！"猎人不信，便对着雕射了一箭，雕展开翅膀，很轻松地避开了猎人的箭。

猎人有点泄气，不甘心地问："这么说，这个世界上就没什么比你飞得更快的了？"雕傲慢地说："是的，除了我自己！"

猎人像找到了宝藏似的，问："你自己真的飞得过你自己？"雕说："是的。"猎人惊喜地说："这么说，你也不是天下无敌的啊！"

雕说："除了我自己，我就是天下无敌的！"猎人说："那你要是跟自己打起来了呢？"雕说："笑话，我自己怎么会跟自己打起来呢？"

　　不久，猎人从雕的巢下找到了几根雕的羽毛，并将羽毛插在了箭的尾部。猎人又带着弓箭找到了雕。雕一见到猎人，便说："你怎么又来了？难道你不知道，你的箭根本就伤不到我吗？"猎人说："以前，我的箭确实伤不到你，现在可不一定！"

　　说完，猎人就搭起弓箭向雕射去。树枝上的雕应声掉到了地上。临死前，雕不解地问："你究竟是用什么方法射到我的？"猎人说："射你的不是我，而是你自己！"雕问："我自己？"猎人说："是的，我就是利用你自己击倒你的！"猎人说着，亮出了自己的箭，雕看见猎人的箭尾上插的正是自己的羽毛！

抓住敌人的弱点

　　小狐狸曾经亲眼见到它的父亲老狐狸杀死了一头大犀牛，于是，它觉得庞大的动物也并不是那么可怕。

　　那是一个极平常的日子，小狐狸和它的兄弟们都饿极了，它的父亲老狐狸决定带孩子走出山洞找吃的。就这样，它们遇到了犀牛。小狐狸们很失望，因为它们认为只有遇到野兔、山鸡或者一些山果子，才能填饱肚子。没想到老狐狸却对孩子们说，它有办法让它们吃到美味可口的犀牛肉。尽管小狐狸们饿得实在不行了，但谁也不相信它们会吃到犀牛肉。因为犀牛太庞大，它们全家的体重加起来还不及一头犀牛的百分之一，要想吃犀牛肉那不是用鸡蛋去碰石头吗？老狐狸却不慌不忙地让孩子们赶紧躲起来，它则独自去向犀牛挑战。

　　庞大的犀牛根本没有将小小的狐狸放在眼里，但面对狐狸的挑衅，犀牛还是发怒了。犀牛容不得一个这么小的家伙在自己面前晃来晃去。犀牛开始向狐狸进攻，它要给狐狸一点颜色看看。可狐狸并不迎战，而是专往树林里钻。犀牛在树木密集的地方钻得难受，便说，小东西，你敢到宽敞的草坪上去么？狐狸哈哈大笑着说，你敢到我住的洞里去么？犀牛说，连老虎都不敢这么跟我说话，你难道比老虎还厉害么？犀牛怒气冲冲地追着狐狸的身影钻进了山洞。

小狐狸们都为老狐狸捏了一把汗，它们都认为老狐狸肯定是疯了，将这么个庞然大物带到自己的家里，它还不把自己一家都给吃掉？谁知一阵打斗之后，老狐狸却在洞里招呼躲在小洞里的孩子们去吃犀牛肉，小狐狸一看，只见犀牛已倒在洞里的血泊中，那只平时耀武扬威的利角已被折断。老狐狸则毫发无损地在那里用嘴撕扯着犀牛的耳朵。

小狐狸趁着老狐狸外出觅食的机会决心要在兄弟们的面前表现表现。小狐狸遇到了一只豺狼，小狐狸想，老狐狸连一头那么大的犀牛都不怕，难道我还怕你这只比狐狸大不了多少的豺狼不成。于是它学着老狐狸的样子叫兄弟们躲起来，它要让兄弟们尝一尝豺狼肉的滋味。令小狐狸没有想到的是，豺狼还没等它去招呼，就直接跑过来了，小狐狸只得往洞里跑，豺狼紧追不放。更令小狐狸没有想到的是，豺狼追进洞来一口就将它给咬住了，小狐狸连叫都来不及叫一声就进了豺狼的肚子。小狐狸的兄弟们见半天没动静，便跑出来看，结果也——被豺狼吃了。

老狐狸利用犀牛易怒的脾气和庞大的身体在洞内施展不开的弱点，征服了敌人，而豺狼的优点正是灵活凶悍、适合在洞内捕食。可是，小狐狸却没有明白，能对付犀牛的方法不一定就能对付豺狼。在商场上，小公司打败大公司的事例很多，但将打败大公司的方法用来对付小公司则不一定行。只有抓住了敌人的弱点，知己知彼才能百战百胜。在为人处世上也是一样，凡事都要因人而异，切忌生搬硬套。

头顶盾牌的鱼

　　有一个年轻人，毕业于名牌大学，并且成绩不错，被许多公司争着聘用。年轻人进了一家自己认为不错的公司。可是，令他意外的是，这家公司里上至总经理，下到普通职员，竟然没有一个人是毕业于名牌大学的。年轻人感到很失望，因为他觉得在这里肯定学不到什么东西，慢慢地，他便得意起来，因为别人在看他的眼睛里总是带着羡慕的光芒，这种光芒令他不管走到哪里都有优越感。他开始嫌同事们素质低，跟他们在一起没有共同语言，他又嫌总经理没眼光，总是重用那些比他学历低的人，而不重用他。由于心怀怨气，他曾多次跟同事们发生争吵，结果是，所有人只要见到他都远远地躲开。最后，他不得不选择离开。

　　到了另一家公司后，刚开始时，他还谦虚地向人请教，认真地熟悉业务。可是，慢慢地，他又发现，这里的名牌大学毕业生居然也少得可怜，除了总经理一个人是名牌大学毕业生外，就是他了。于是，他又对同事们不满起来。令他不解的是，以前那家公司的总经理因为不是名牌大学毕业生，没有眼光而不重用他，这家公司的总经理是名牌大学毕业生，也同样没有眼光不肯重用他。他的怨气就这样在心里越积越深，最终令所有人都对他敬而远之，他不得不再次选择跳槽。在跳过无数次槽之后，年轻人也变得不再年轻了，跟他一起毕业的同学，甚至那些没有考上名牌大学的同学，都已功成名就，可是他依然还在为找一份合适的工作而奔波。

有一次偶遇这位年轻人曾经工作过的公司的总经理，他跟我说起了这个年轻人。总经理的比喻颇为深刻。他说这个年轻人很像一种身带盾牌的鱼，这是一种生活在大西洋里的盾牌鱼。它的形象有点像我们熟悉的鲤鱼，所不同的是它头上长有一块蚌壳般的硬壳。这块硬壳坚硬得很，用又尖又锋利的刀子都扎不动。盾牌鱼头顶硬壳像古代手持盾牌的兵士一样，令人生畏，就是力气比它大的鱼顶多是推着它的盾牌在水面上游来游去，根本伤害不了它。如果碰上嘴很大的鱼把它吞到肚子里去，它头上的盾牌便如一把大块刀，能划破大嘴鱼的肚子，让大嘴鱼与它同归于尽，所以，从来没有哪种鱼敢碰盾牌鱼。盾牌鱼头顶的盾牌虽然保护了自己免受敌人的伤害，可是也拒绝了亲人朋友的亲近。最终，因为失去了亲人和朋友，盾牌鱼只得孤身在大海里漂流一生。

一个人，不管拥有多么显著的成绩，还是过人的学识，都少不了亲人朋友和同事们的帮助。如果不善于虚心进取，与人协作，那过人的学识便会变成骄狂而锋利的盾牌，最终只能是伤人害己。

一颗谷子的诱惑

有一则寓言是这样说的：从前有只冠雀被捕鸟夹夹住了，它悲哀地说："我真是最不幸的鸟呀！我没偷别人的金子、银子，更没偷别的贵重的东西，仅仅一颗小谷子却要使我丧失性命。"

有一个朋友，他不但待人热情，而且业务能力强，工作肯卖力，业绩在公司里总是最好的。人缘也是最好的，年年被评先进，每次的奖金都比别人高。可是，令他不解的是，都工作十年了，就是提不了干。那些比他后来的，比他业绩差的，早就提干了，可他还是一个普通的业务员。他常常这样想：哪怕就是轮也应该轮到我呀，莫非我在什么地方得罪了什么人？

照理说，他是不可能得罪谁的，因为他为人总是极其低调，不仅在领导面前表现谦卑，与同事相处也十分融洽，就是遇上一个清洁工，他也要点头微笑。提不了干，就提不了干吧，他对待工作，依然十分热情，并且业绩也没有减少。更加令他没有想到的是，最近因为公司遭遇金融危机，他竟然被定为被裁员工之列。

他跑来向我诉苦，正好他们公司的一位领导与我也是朋友，于是我答应找个机会帮他了解一下情况。那位领导朋友说："是的，他确实是一位能吃苦、肯卖力的好同志，而且业绩也是有目共睹。

可是，他就是有一个小毛病。"

　　我说："一个小毛病，让他改了不就行了，犯得着让他下岗吗？"那位领导朋友说："是的，我们也认为那点小毛病算不了什么，可是我们董事长说，他已经观察好久了，就没见他改正过，这次裁员时，董事长还特别交待，像他这种人是万万留不得的！"

　　我问："究竟是什么小毛病嘛，真有这么严重吗？"那位领导朋友说："其实也没什么大不了的，他就是那么个爱占小便宜的人，每次下班时都要从公司往家里拿些塑料袋呀、打印纸呀什么的，可偏偏又被董事长看到了！"

　　一颗小谷子，让冠雀丢了性命；几个塑料袋、几张打印纸，便葬送了一个人的美好前途。生活中这样的例子比比皆是，如果站在旁人的角度，其中的道理不难分辨，可是一旦到了自己身上，就迷糊了双眼。殊不知，人生中，能招来巨大灾难的，往往不是什么大事情，而是那些小便宜。

地图鱼的梦想

在南美洲的圭亚那、委内瑞拉、巴西的亚马逊河流域，生活着一种鱼，因为这种鱼身上布满了像地图一样的图案，所以被人称为地图鱼。

据传，地图鱼的祖先有一种特异功能，那就是不管游到哪里，它的身上便会自动地将方圆十里的地貌、海域浓缩成一张地图。人们只要抓到一条地图鱼，便能根据它身上的图案来了解当地的地貌。在鱼身上的那张地图中，不但明确地标注了陆地上的山，还明确地标注了海洋里的礁石、珊瑚；就是哪些地方经常有哪些鱼类出入，也标注得一清二楚。

于是，拥有一条地图鱼，便成了航海家、探险家和渔翁们的梦想。但是，地图鱼十分聪明，只要稍有风吹草动，它们便跑得无影无踪了，所以很难捕捉。地图鱼不但聪明，而且异常凶猛，有着"亚马逊水猴"的美誉。当时，有人预言，地图鱼一定会成为海上的霸王，因为它们几乎没有天敌，虽然力量不是很强大，但它们对敌人的行动了如指掌，很容易就避开了凶害。

可是，这个预言却没有成真。因为地图鱼虽然聪明，但它也是有弱点的，那就是十分贪吃，而且还贪得无厌。当它捕食小鱼的时候，明明口里叼着一条，但眼睛却又瞄上了另一条，就是吃饱了，也要不停地吃。从这里可以看出，它们是如何的贪得无厌。它们还很懒，只要有现成的食物，它们就不会花费力气去捕食。当地一些渔夫，就是根据地图鱼这一特点，将地图鱼引诱进自己家的鱼箱的。

　　只要有吃的，地图鱼也不管自己生活在哪里，明知道被人关进了狭小的鱼箱，也乐得安逸。有的地图鱼被人一养就是十几年，可是它们只要有吃的，依然快乐似"神仙"。千百年来，因为地图鱼一直被圈养在家中的水族箱里，特异功能也就渐渐地消失了，它们身上的地图不再显示周边的环境、地貌，而只是变成了一张形似地图的色块，彻底沦落成了一种观赏鱼。

　　因为它们失去了原有的价值，也就变得不再珍贵了。有的人玩厌了，就将地图鱼无情地抛弃，但是，地图鱼此时已无法在野外独自生活。为了保住自己的"饭碗"，地图鱼只得极力地讨好圈养自己的主人。每当主人前来喂食的时候，它们便会摇头摆尾地"乞怜"；当主人哈哈大笑着将食物送来时，地图鱼还会跃出水面，接住主人手里的食物，以博得主人的欢心。原本可以成为海上霸王的地图鱼，却因为"好吃懒做"的恶习，而成了人类的玩物。

　　有一句这样的格言："聪明与行动成就梦想。"无疑，成功的首要条件是聪明才智，但是在这个世界上，从不缺少具有聪明才智的人，为什么却鲜有成功者呢？因为如果缺少了行动，不管拥有怎样的聪明才智，也一样会让梦想成空。

鹦鹉鱼的睡衣

在地中海生活着一种鱼，它色彩艳丽，脊背是紫红色的，体侧是玫瑰红色，胸部和腹部的鳍是淡黄色的，背鳍是灰黄色的，尾部镶白色的边，就像鹦鹉那样漂亮，所以人们叫它鹦鹉鱼。

古罗马和古希腊人把这种鱼当作珍品，这倒不是因为鹦鹉鱼长得漂亮，而是它们的团结互助的精神。据研究发现，如果鹦鹉鱼不幸碰上了针钩，在千钧一发之际，它的伙伴会很快赶来帮忙，咬断钓鱼线，从危险中救出同伙；如果被鱼筐围住了，别的伙伴就会用牙齿咬住它的尾巴，拼命从筐缝中把它拉出来。所以，一般的渔民很难捕获到鹦鹉鱼。

虽然鹦鹉鱼能够互相帮助，一般的危险奈何不了它们，可是，这并不等于鹦鹉鱼永远没有危险。因为鹦鹉鱼很怕死，常常在没有危险的时候也忧心忡忡，它们想，白天遇到危险了，有同伴来救助，如果晚上同伴们都睡着了，谁来救自己呢？于是，鹦鹉鱼们想出了一种办法，它们每天傍晚都会给自己织一件睡衣穿，这样便确保了晚上的安全。

它们织睡衣的方法像蚕吐丝作茧似的，从嘴里吐出白色的丝，利用腹鳍和尾鳍的帮助，经过一两个小时就能从头到尾织成一个圆囵的壳。这就是它们的睡衣。每天晚上，它们睡在自己编织的睡衣里，确实能够防御敌人的侵害，安安静静地睡一晚。可是它们的睡衣织得太坚固了，第二天早晨要费很大力气才能把睡衣弄破，以便从里面钻出来。到了晚上，鹦鹉鱼再织一件新的睡衣穿在身上。

有时候，鹦鹉鱼生病了，晚上躺在睡衣里，早晨想出来的时候，因为没有足够的力气钻破睡衣，这就麻烦了，时间一长它必死无疑。因为，鹦鹉鱼从不救助困在睡衣里的同伴，它们会认为同伴还在睡觉，不便打扰。

所以，对于鹦鹉鱼来说，最大的危险不是来自外界的伤害，而是因为"作茧自缚"。人类也拥有与鹦鹉鱼相似的一件睡衣，我们从来不缺乏互相帮助的精神，但却逃不脱作茧自缚的危险。鹦鹉鱼的故事，值得人们深思。

巨蝎虾的猜疑

在美国佛罗里达海域深处，生活着两种奇怪的动物。一种是头盔鱼，因为它的头上长有一个像头盔一样的东西，所以被称为头盔鱼。有了这个头盔，一般的小型动物对它便构成不了威胁，但也给它的行动带来了不便。头盔鱼的体重才2公斤，而它的头盔便有1公斤重，因为头盔太沉重，它游动几分钟都感到十分吃力，一定要停下来歇息一阵后，才能继续上路。

另一种动物叫巨蝎虾，虽然长得像蝎子又像虾，但比蝎子和虾大多了，它的体重足有10公斤。巨蝎虾长有两把巨钳，动作敏捷，善于捕食。但它的感官迟钝，总是把握不准猎物所在的方位，而头盔鱼则感官灵敏，它的皮肤能够感觉到几公里以外的猎物和敌害。所以，巨蝎虾和头盔鱼总是互相合作一起捕猎。

由于特长各不相同，它们的分工也十分明确。头盔鱼负责指明方向，诱敌深入；巨蝎虾则负责追踪猎物，并将其捕获，然后共同进食。在食物丰盛的季节，它们合作得很好，双方收入颇丰。可是，一旦食物缺乏，矛盾就产生了。如果巨蝎虾按照头盔鱼指引的方向一连数天都没有捕到猎物，那么，巨蝎虾便会认为头盔鱼是在玩弄自己，并趁头盔鱼不注意时向它发动攻击。头盔鱼本能地躲避，但由于它的头盔太沉，要想永远躲开巨蝎虾的攻击是非常困难的，为了不让巨蝎虾得逞，头盔鱼只得奋力自保。

当头盔鱼被追到了绝境的时候，它也会做出一些令人不可思议的事情来，那就是跟巨蝎虾同归于尽。头盔鱼会将巨蝎虾带到虎鲸聚集之地，然后毫不犹豫地钻入虎鲸之口，不明真相的巨蝎虾就这样跟头盔鱼一起葬送了性命。

很多人都明白互相合作的好处，不但利人而且利己。人生有了一个好的帮手，在事业上就会如虎添翼。可是，人们却常常忽略了这样一个道理：只有建立在互相信任基础上的合作，才能取得最终的胜利，不然，很可能会因为相互猜疑而误人误己。

沥青湖的诱惑

在拉丁美洲加勒比海的东南端，有一个叫特立尼达的小岛，岛上有一个面积仅0.47平方公里的小湖。同一般的湖泊不同的是，这个湖表面平坦，上面覆盖了一层硬化了的沥青。原来，由于地壳运动，岩层破裂，地下石油和天然气溢出，并通过缝隙，涌进死火山口，满溢成湖。最后，油气挥发，残渣成为沥青。这个以盛产黑乎乎的天然沥青闻名于世的小湖，被人们称为"沥青湖"。

令科学家们感兴趣的，不仅仅是沥青湖奇特的形成方式，还因为沥青湖每年都要"吃掉"大量动物。其中有狮子、老虎、豹子等体型较大的动物，也有狐狸、狼、鬣狗，甚至是水鸟等体型较小的动物。经过长时间的跟踪拍摄，科学家们终于为世人揭开了这个谜底。

每年随着季节转换，沥青湖呈现出不同的样子。雨季来到，雨水积在湖面上，显得碧波荡漾；旱季降临，水被蒸发掉，沥青被晒干，只有在凹处还留有一些水坑，水坑中有水草，偶尔还能找到小鱼。这样，便引来了喜欢吃小鱼的鸟。一只鸟吃饱了小鱼，准备站在油面上休息，结果被沥青粘住了双脚，鸟越挣扎，沥青便粘得越紧，终于，鸟不再动弹。不久，鸟被机灵的狐狸发现了，为了吃到可口的鸟肉，狐狸不顾一切地冲了过去，结果狐狸也被沥青粘住了。

　　狐狸越挣扎，沥青便粘得越紧，最终狐狸倒在了沥青湖里不再动弹。嗅觉灵敏的鬣狗和狼几乎同时发现了死去的狐狸。为了争抢猎物，鬣狗和狼在沥青湖面恶战了一场，结果都被沥青湖牢牢地粘住了。在食物奇缺的干旱季节，当豹子、老虎、狮子们发现这么多的猎物时，再也忍不住了，冲过去一饱口福，结果无一例外地丧生于沥青湖。

　　尽管每年都有大量动物死于沥青湖，但仍然有很多动物前赴后继地朝沥青湖奔去，原因都是经不住那湖里美味食物的诱惑。在这个世界上，人们面临的诱惑实在太多了，其中很多诱惑就像沥青湖一样致命。虽然很多人明白这个道理，却很难管住自己奔向"沥青湖"的双脚。

节约的后果

在众多濒临灭绝的动物中，狐狸早已位列其中。作为虚伪、奸诈和狡猾的象征，狐狸为何也濒临灭绝呢？这一直让人们大惑不解。

狐狸的虚伪、奸诈和狡猾，主要表现在这几个方面：比如当它看到有猎人准备设陷阱时，就会悄悄地跟在猎人的身后，等对方设好陷阱离开之后，就到陷阱的旁边留下可以被同伴知晓的恶臭作为警示，免得同类上当；如果碰上了刺猬，狐狸会就把蜷缩成一团的刺猬拖到水里，让刺猬淹死；如果它看到河里有鸭子，还会故意抛些干草入水，当鸭子习以为常后，它就偷偷地衔着一把枯草做掩护，潜下水去伺机捕食鸭子。

但是，最近有人发现，狐狸除了虚伪、奸诈和狡猾等特点之外，还具有一种"节约"的习惯。正是因为这种"节约"，让虚伪、奸诈和狡猾的狐狸失去了生存之道。

有人发现，一只狐狸跳进鸡舍之后，把10多只鸡全部咬死，最后一只只地叼走。它的主要目的是节约气力，以最少的时间和力量获取最大的利益。可是它的一家也吃不下这么多只鸡呀，结果是，那些吃不完的鸡全都烂掉了。还有人发现，狐狸常常在暴风雨之夜，闯入黑头鸥的栖息地，把数十只鸟全部杀死。当它拥有数十只鸟之后，却舍不得多吃，结果同样留成了一堆腐肉。因为狐狸不吃腐肉，最后就造成了巨大的浪费。后来狐狸的食物越来越少，所以它们经常都得饿着肚子。于是，人们得出结论，狐狸之所以濒临灭绝，完全是因为它们的这种"节约"的习性造成的。

其实这种习惯并非狐狸独有，人类也有着同样的习惯。有的人，因为节约，所以花低价买了性能不好的廉价商品，比如电脑、汽车，结果所买的东西很快便成了一堆废物。另外，有的路桥工程，因为想"节约"成本，所以使用了劣质材料，结果将工程变成了"豆腐渣"。这样的例子数不胜数。于是，有人将这种"节约"叫做浪费。从某种程度上来说，这种因节约而造成的浪费，比奢侈的浪费更可怕。因为它往往带着合理性、隐蔽性、欺骗性，一旦产生了恶果，连追究责任都很困难。

偷窃的手艺也失传

浣熊原产自北美洲，体型较小，一般不超过10公斤，最小的不到1公斤，喜欢栖息在靠近河流、湖泊或池塘的树林中，虽然是食肉动物，但浣熊偏于杂食，它通常吃鱼、蛙和小型陆生动物，也吃野果、坚果、种子、橡树籽等，不伤害人畜。因其进食前要将食物在水中浣洗，故名浣熊。

浣熊的前后肢都长有五个趾头，因此，能捕捉到水中的虾和螃蟹。当捕捉到这些小动物时，也总要放在水中洗一洗再吃。有的时候，用来清洗的水比食物还脏，它们也要洗洗再吃。

有的人认为，这是出于浣熊本能的一种习性，如同狗有往土里埋食物的习性一样，这些习性是祖祖辈辈遗传下来的。

生活在都市近郊的浣熊常会潜入人类住处偷窃食物，它们白天躲起来睡觉，晚上十二点后出门，因此常被称为"小偷"。

在加拿大，就生活着很多浣熊。每当午夜的钟声响起，人们都已进入睡眠状态后，浣熊就会悄悄潜入民宅，偷窃食物。与浣熊有着相同习性的，是潜伏在城市里的真正的小偷。他们不但偷窃食物，还偷窃钱财。不同的是，如果人们发现了浣熊，则会很大度地丢给它一块奶酪，而发现了小偷，便会立即报警。

　　浣熊被人发现后还有吃的，小偷被发现后则要被关禁闭。这让小偷们心里很不平衡，后来，聪明的小偷们便利用浣熊来为自己谋取利益。他们在浣熊出没的地方放上一盆泥浆水，浣熊一旦偷来了食物，或者说是讨来了食物后，便会放入泥浆水里浣洗。当浣熊发现食物怎么也洗不干净后，便会将食物丢弃在地上。这时，潜伏在一旁的小偷便会将食物收入囊中。虽然利用浣熊偷取的食物价值，要比直接进入民宅偷窃的收入小得多，但也安全得多，很多小偷就这样过上了安逸的生活。

　　多年后，由于城市里的浣熊数量剧增，已经影响到市民们的日常生活，政府便组织专人将浣熊送进了森林。这下，可苦了那些一直靠浣熊生存的小偷们，因为浣熊的离去一下子便断了他们生活的来源，显然，小偷们因为过惯了安逸的生活，偷窃的手艺也早已失传。最后，政府只得将这些小偷送进了社会收容所。

　　后来，再有想当小偷的人，因为找不到能够学艺的师傅，只得改行去干别的了。据说，这就是加拿大小偷很少的原因之一。

钻进草丛的迷路者

在美国阿拉巴马州发生了一件有趣的事情。正在建设新农村的阿拉巴马州，所有的道路都被改得面目全非，有一位叫莫里斯的盲人，因为经常迷路，于是便梦想拥有一只狗来给他导盲，拥有一只猫来给他看住餐桌上的食物不被老鼠偷吃。可是一般的猫和狗肯定达不到他的要求，所以莫里斯请邻居埃里克给他写了一份求购广告刊登在了报纸上。报纸上市后，很快便有人打来电话，说他们是宠物训练中心的，完全可以满足莫里斯先生的要求，如果可以的话，他们现在就将他所需要的猫和狗送过来。

得到了猫和狗的莫里斯，急不可耐地就要出门去办事了。天还没亮，他便将猫留在家里看家，特别是餐桌上的食物，别让老鼠吃了。然后，他牵着狗上路了。晚上，等莫里斯回到家里的时候，他已经累得浑身像散了架似的躺在床上动弹不得。莫里斯气急败坏地给宠物训练中心打电话："你们给我送来的究竟是什么样的猫和狗啊？首先我来说说这只狗吧。你们说它熟悉本市的所有交通路线，可是，你们知道它今天将我带到什么地方去了吗？它领着我专门往草丛里、往窄窄的小巷里钻，害得我迷了路，还找不到一个人来问问。再来说说你们送来的猫吧。我只不过是外出了一天，它便将我放在餐桌上的食物吃了个精光，我绝对相信是它自己吃了，如果是老鼠的话哪里吃得那么干净？"

宠物中心的工作人员来了，经过仔细测试，并请出莫里斯的邻居埃里克来监督，证明他们所训练出来的猫确实会看家会捉老鼠，而狗也确实会给盲人带路。莫里斯最终还是犹豫着答应再试用一天。

可是第二天，莫里斯还是被那只狗带着在草丛里、小巷里钻了一天，而那只猫也同样将餐桌上的食物吃了个干干净净。莫里斯再次愤怒了，这次他坚决要求宠物训练中心给他赔偿损失，特别是精神损失。猫偷吃点食物倒还可以原谅，如果让狗带着连续两天都往草丛里钻的话，任何人都受不了！

可是，宠物训练中心的人再次对猫和狗进行了测试，依然没有任何问题。这究竟是怎么一回事呢？最后，有人提议，让莫里斯将他前两天的过程，当着宠物训练中心人员的面再演示一遍。莫里斯气哼哼地答应了。莫里斯首先用手摸了摸猫和狗，他将狗关在了家里，家里的餐桌上放着好大一堆食物，然后他将猫牵出了家门。那只猫领着莫里斯一个劲地往草丛、小巷里钻。宠物训练中心的工作人员都快笑岔了气。

宠物训练中心的工作人员问莫里斯是怎样判断出哪只是猫哪只是狗的？莫里斯说："我是用手摸的，个大的那只肯定是狗，个小的那只肯定是猫，难道不对吗？"可是宠物训练中心给莫里斯的猫和狗的个头则刚好相反。

如果盲目地认为狗的个头一定比猫大，并且让它们的特长在不适宜的环境中发挥，那么只能会害苦自己。生活中，我们每个人都有可能是那个钻进草丛里的迷路者，如果不深刻地去了解事件的本质，仅凭主观去看待事物，很可能会误入迷途。

你需要一个地方奉献爱心

　　保罗是一家公司的总裁。早晨上班的时候，他听到秘书说副总裁将昨天那份业务谈砸了，不由得怒火中烧。原本准备今天跟副总裁一起去签合同的，现在，保罗觉得已没有那个必要了。他决定一个人去挽回那笔数目不小的业务，可是秘书又告诉他，他的司机昨晚喝多了酒，今早上班的时候还没有完全清醒，不小心将车子开到了人行道上，并且撞坏了一根路灯杆，这会儿正在警察局接受调查呢。

　　保罗简直要发疯了，他的脑袋开始发胀，仿佛自己的后脑勺有一根针在扎似的。他知道这是自己的偏头痛又犯了，但他还是决定亲自开车赶往怀俄明州去签那份合同，因为这个客户太重要了，如果再发生任何一点意外，对公司来说就是一笔很大的损失。

　　就在保罗正行驶在怀俄明州郊区的一条公路上时，突然发现前面不宽的公路上蹲着一位小女孩。保罗一个紧急刹车，正准备大声喝斥那个小女孩一番时，小女孩却站起来走到了他的车门口，手里还捧着一只麻雀。小女孩冲保罗甜甜地一笑说："叔叔，你可以帮我一个忙吗？"保罗有点不耐烦，但面对小女孩一脸灿烂的笑容，他尽量使自己的语气变得平和些："对不起，我很忙……"

　　谁知小女孩并不让路，还将捧着麻雀的双手往保罗的面前凑过来。她有些伤心地哀求说："你看，它的翅膀受伤了，如果不早点将它送到医院里去的话，它很快就会死的。"保罗有点不解地问："那么你的意思是？"小女孩说："我能坐你的车去一趟医院吗？我爸爸就是医生。"保罗简直又要发狂了，要知道还有那份重要的合同等着他去签呢。可他竟然没有大发雷霆，而是耐着性子问："什么？你是说，你的爸爸会给这只麻雀治病？"小女孩扑闪着大大的眼睛说："是的，我爸爸救活了不少麻雀还有很多小动物。"保罗这才仔细打量眼前的小女孩，她跟自己的儿子差不多大，保罗猜想，她的爸爸可能跟他也差不多大。保罗不明白，一个像他一样的成年人不去努力赚钱，干嘛要在这么只没用的麻雀身上浪费时间。也许是出于好奇，也许是他自己也说不上的什么原因，他让小女孩捧着那只麻雀上了车。

怀俄明州位于美国中西部山区。顺着小女孩手指的方向，保罗将车子开进了一家小院。一进院门，呈现在保罗眼前的景象令他大吃了一惊。那个简陋的小院里竟养满了各种小动物，简直像一个动物世界！

一个跟保罗差不多年纪的男人热情地接待了他。保罗惊讶地看到，那个男人熟练地给麻雀上完药后，竟然笑得和小女孩一样的开心。他对动物们细致耐心的程度不亚于照顾自己的孩子。保罗很疑惑他们何以生活得如此快乐，于是便问："您养这么多的动物是不是很赚钱？"男人和小女孩先是愣了一下，继而几乎是同时大声地笑了起来，他说："赚钱？我为什么要拿它们来赚钱呢？"小女孩告诉保罗，这些动物都是因为受伤后，被他们从附近的山林里拾到的，等它们的伤好后还要放回山里去。

男人告诉保罗，他叫亨利，小女孩是他的女儿艾丽丝。他在加州有一家公司，尽管也赚了不少钱，但不知什么原因，他生活得很不开心，经常动怒，常常夜不能寐，还伴有神经衰弱、偏头痛等多种疾病。可是自从经朋友介绍来到这里，经常跟那些可爱的小动物们呆在一起，他的病痛慢慢消失，现在几乎都没有了。亨利带着保罗到四周走了走，像亨利那样的小院还不少呢。原来，人们都是在这里寻找一个奉献爱心的地方，而他们也从中收获了充实的快乐和健康。

保罗愉快地将车开回了公司。虽然没有签成那份合同，但他觉得心情舒畅无比，此后，保罗每年都要在那些专门救治小动物的小院子里呆上一段时间。慢慢的，他的坏心情和偏头痛竟然不知不觉地消失了。

别让嫉妒毁了你

一连几天，我的心情都不是很好。情绪烦躁，吃不好睡不香，欠佳的心理状况直接导致我的健康日益下降。我心里很清楚，我原本是很健康的，自从阿奇搬来和我成为邻居后，我就变成了现在这个样子。

阿奇原来和我开着一样的凯特汽车，没想到前不久他竟然开了一辆新的劳斯莱斯，那可是我梦寐以求的汽车啊！我知道自己的经济能力还没达到享受劳斯莱斯汽车的程度，但每天看着邻居神气的样子，我的心里实在不好受。

我的朋友劝告我，养一只小狗吧，这样也许会让我慢慢好起来。朋友给我送来了一只小狗，小狗很可爱。我给小狗买了很多好吃的香肠。刚开始的时候，小狗还吃些香肠，自从见到了阿奇，它便再也不肯吃我买的东西了。

小狗总是用爪子去敲阿奇的门，有一次阿奇给了它一根香肠，很快便被小狗吃得精光。从此，小狗几乎每天都会去阿奇家讨一些食物来吃。这样过了一段时间后，阿奇只得摊开双手，表示他家里已经没有好吃的东西了。可是小狗并不甘心，依然不停地用爪子去敲阿奇的门。于是阿奇只好拿来一些吃剩的冷面包。令我吃惊的是，连我给的香肠都不肯吃的小狗，竟然会吃邻居阿奇给的冷面包！

莫非小狗吃腻了好东西，喜欢上了冷面包？可是当我给小狗冷面包时，它却连看都不看一眼！我实在没办法了，只好带着它敲开了阿奇的门。我说："阿奇，这只狗好像跟你很有缘，不如你就收养了它吧。"阿奇有些惊喜地问："你是说，将小狗送给我？"我说："是的，因为它现在不吃我的东西，它只吃你的东西。"尽管我的心里很不愿意，但还是将小狗送给了阿奇，阿奇高兴地收养了小狗。

还没过几天，小狗便用爪子来敲我的门。我给了它一根香肠，它很快便吃了个精光。当小狗吃完了我买的所有香肠和狗粮后，我再也不想给它买任何吃的东西了。因为它已经不属于我，而属于我的邻居阿奇。

那天当我开车去上班的时候，我看到阿奇在后面追了上来。阿奇焦急地问："您家里还有香肠吗？"我摇了摇头。阿奇接着问："狗粮也没有吗？"我又摇了摇头。"那么，"阿奇再次问，"您家里难道连吃剩下的冷面包也没有吗？"

后来，小狗还是被我的朋友带走了。朋友告诉我，这是科学家最新试验出来的一种狗，因为给它加入了人类的嫉妒因子，所以它总是这山望着那山高；总以为别人的东西都是好的。朋友送给我那只狗的用意实在很明显，也很让我汗颜。

我和邻居阿奇恍然大悟。我当即向阿奇道歉说："对不起，我不应该嫉妒你的劳斯莱斯汽车。"令我意外的是，阿奇居然也向我道歉："应该说对不起的是我。我嫉妒你家的房子比我的漂亮，所以我将自己原来的汽车外加一个后花园卖了，才买来一辆劳斯莱斯汽车，想让自己的心理得到一点平衡。"

俗话说，妒火烧身。如果让嫉妒占据了整个心胸，人生中便少了快乐，多了郁闷，甚至会伤人伤己。所以，如果想成功地驾驭人生这只在大海里漂荡的帆船，豁达的处世态度是非常重要的。

杰里弗与流浪猫

拾荒者杰里弗收养了一只流浪猫，流浪猫的食量惊人，杰里弗每天拾荒所得的收入连自己的温饱都难以解决，流浪猫很多时候都饿着肚子。于是猫只得去外面觅食，好心的猫有时候还会给杰里弗带回老鼠，可杰里弗不吃老鼠。

有一天，一个想法从杰里弗的脑海里跳了出来：不如将这只流浪猫训练成会拾荒的猫吧，如果是这样的话，那么杰里弗以后便不用外出拾荒了，他只需要坐在家里将流浪猫拾回来的东西分好类，再送到废品收购站就行了。主意打定后，杰里弗开始训练流浪猫外出拾荒。杰里弗每天都会让猫衔一些废纸、废电线、烂刀叉回来，然后将好吃的面包牛奶都奖励给猫，哪怕是自己饿着，也要将猫的奖品弄得丰盛些。

猫终于在杰里弗的重奖之下学会了往家里拾废品，杰里弗拿着流浪猫第一次衔回家的一小卷电线，竟然高兴得接连在地上翻了几个跟头。当然，杰里弗没有忘记用牛奶和面包奖励流浪猫。

从此，流浪猫每天都会往家里衔东西，有时是一块纸皮，有时是一只皮鞋……杰里弗每天坐在家里都有不菲的收入，而杰里弗给流浪猫的奖励品，也由牛奶和面包变成了汉堡包。得到了奖励的流浪猫也更加卖力了，刚开始是四处捡，路边、街道的垃圾筒，后来便钻进别人的家里去偷，只要衔得动的东西统统带回来。杰里弗可不管它是偷的还是捡的，只要能卖到钱，他便高兴，当然，他从来没有忘记给猫的奖励。

只是苦了周围的邻居，他们纷纷向街道管理处投诉，可是杰里弗根本就不听。并且还将那只流浪猫带回来的其他流浪猫都养起来为他赚钱。

一天早上，当杰里弗醒来的时候发现，他自己被废电线废布条等废品紧紧地缠住了，他挣扎着想爬起来，可是房子的空间太小，堆积的废品太多，加上流浪猫昨天晚上不知从哪里带来了一大群流浪猫，一个晚上就给他衔来很多废品，现在被废品缠住的杰里弗根本就动弹不了。

杰里弗只得大声喊叫求救，可是，因为邻居们都不堪流浪猫的骚扰而纷纷搬走了。一连几天。杰里弗被困在自己的小屋里动弹不得，那些流浪猫却继续往他的小屋里衔废品。如果不是一名警察因为去附近查案，发现了被困在家里奄奄一息的杰里弗，恐怕他难逃饿死的厄运。被解救出来的杰里弗将房间清理干净了，但还是屡屡遭到流浪猫的围困。最后杰里弗只得选择搬家，习惯了以废品换取食物的猫们很快又找到了杰里弗，为了躲避那些流浪猫。杰里弗再也不敢住在房子里，开始四处流浪……

如果以怂恿别人犯罪的方式来让自己获益，罪犯也会反过来将自己毁掉。

第三章 /
驯狮员的鞭子

与乌鸦为邻

　　不知从何时起，戴维斯家院子里的一棵梧桐树上竟然多了一个鸦巢。鸦巢正好对着戴维斯的卧室，每天天刚亮便有两只乌鸦在树上飞来飞去，它们是一对乌鸦夫妻，总是"哇哇"地叫着将戴维斯吵醒。这对乌鸦让戴维斯每天至少要少睡两个小时。

　　每当被乌鸦吵醒后，戴维斯便会冲它们破口大骂，还将牙刷、牙膏和口杯向它们扔去，可是这些根本就不管用，它们依然每天准时"哇哇"地叫着将戴维斯吵醒。终于有一天，忍无可忍的戴维斯决定将这个鸦巢捣毁。正好乌鸦夫妻不在，戴维斯找来一根长竹竿，只几下便将鸦巢从树枝上给鼓捣了下来，令戴维斯吃惊的是，鸦巢里竟然还有两只刚出壳的小乌鸦，从高高的的树枝上跌到地面竟然还没有被摔死。

　　戴维斯解气地回到家里，以为失去了鸦巢的乌鸦夫妻会从此远走高飞。没想到第二天一早，它们又准时在树上"哇哇"地叫了起来。戴维斯仔细一看，见树枝上又多了一个新鸦巢，肯定是它们连夜筑成的，鸦巢里还有两只张嘴讨食的小乌鸦，看来它们是被自己的父母救了。

　　可是，还没等戴维斯想出第二个对付这对乌鸦夫妻的办法来，戴维斯的妻子玛丽娅便惊慌地跑来跟戴维斯说，我们的女儿芬妮今天早上遭遇了两只乌鸦的袭击，幸好玛丽娅在女儿的身边，不然后果将不堪设想。当时的情况是这样的：当玛丽娅推着刚满六个月的女儿芬妮外出散步的时候，两只乌鸦突然飞离树枝直向芬妮扑来，玛丽娅立即挥起衣袖驱赶，两只乌鸦见无法接近芬妮，便分别在芬妮的婴儿车里拉了两泡鸟粪。

这两只可恶的乌鸦分明是在报复戴维斯！于是，戴维斯又想出了好几种对付乌鸦的办法：比如用水枪射击鸦巢，向鸦巢里喷石灰粉，可是都无法将它们赶走。当然，戴维斯也遭到了乌鸦的报复，戴维斯的女儿芬妮只要一出门，乌鸦便会在她的婴儿车里拉鸟粪。有时戴维斯真想一枪将这两只乌鸦打死算了，可在澳大利亚是不准随便猎杀动物的，除非它威胁到了人类的生命。

身心俱疲的戴维斯实在想不出更好的办法了，戴维斯甚至想到了搬家。这时妻子玛丽娅说，不如我们不去理会它们了，随它们去吧。戴维斯想想，也只能这样了。在较长的一段时间里，戴维斯真的不去理会那对乌鸦了，它们竟然也没再来报复戴维斯。

戴维斯每天早上依然会被乌鸦的叫声吵醒，醒来后为了躲避乌鸦的叫声，戴维斯便和玛丽娅一起推着芬妮去散步。慢慢的，戴维斯发现，每天早晨，他们一家人一起散步的时光竟然是如此美好，戴维斯甚至后悔当初为什么要睡那么多觉，以至于浪费了这么多用来和家人一起散步的时间。玛丽娅说，这都是因为那对乌鸦将你吵醒的结果。于是戴维斯开始喜欢起这对乌鸦来。

一个狂风暴雨的夜晚过去了，早上醒来，戴维斯竟然没有听到乌鸦的叫声。那对乌鸦夫妻可能被风雨折伤了翅膀，正低着头在树上伤神呢。而它们的两个孩子却在地上"哇哇"地叫着没人理睬。

戴维斯当即找来梯子将两只小乌鸦小心地放回了鸦巢。很快，乌鸦又恢复了往日的活跃气氛。

有一天，戴维斯在房间里收拾东西，妻子玛丽娅在厨房里忙碌，他们的女儿芬妮则在院子里晒太阳。戴维斯突然听到院子里有乌鸦的惨叫声，原来一条蟒蛇已悄悄地接近了他们的女儿芬妮，树上的乌鸦第一个发现后飞下来与蟒蛇搏斗，结果被蟒蛇所伤，戴维斯闻声赶到后立即用猎枪结果了蟒蛇。吓得目瞪口呆的玛丽娅将芬妮抱在怀里哭了好长时间。是乌鸦救了他们的女儿！从此，他们与那对乌鸦夫妻成了好邻居好朋友，只要它们有难他们便会伸手援助，而当他们有需要的时候，它们也会帮忙。

这件事让戴维斯明白了一个道理：在生活中，我们常常会忽略自己的同事、邻居和身边的人，因为距离太近，他们有时会吵到我们，打扰我们的生活。可是，同样因为距离近，在我们需要帮助的时候，也正是因为有了他们的援助而使我们尽快摆脱了困境。也许他们的面貌不尽如人意，也许他们的性格与你不太合得来，但只要你真诚地去对待，你便会发现，他们每个人都拥有一颗火热的心！

"天使鱼"消失的原因

在南美的亚马孙河，生活着一种鱼，人们叫它"天使鱼"。之所以叫它为"天使鱼"，据说，有两个原因。一个是外在的，因为这种鱼的背鳍和腹鳍很长，游动起来极像天使展开的翅膀。还有一个是内在的，因为它有一颗天使般的心。

天使鱼有一种类似于"清洁鱼"的功能，它能潜入大鱼的嘴里，帮助大鱼清洁口腔。不但如此，天使鱼还能帮助大鱼清洁伤口。一些大鱼，有的是因为中了渔夫的刀叉，有的是因为互相争斗而受了伤，如果不及时进行清洁工作，伤口就会感染，甚至危及生命。每当这时，天使鱼就会主动上前进行清洁工作。

另外，居住在河边的渔民，在熟悉了"天使鱼"的习性之后，也常常利用天使鱼来替自己进行清洁工作。每到夏天，人们最爱做的就是脱衣入水洗澡，有伤口的，天使鱼会替他们清洁伤口，没伤口的，天使鱼会替他们进行表皮"按摩"，人们每次洗完澡，都会感到浑身轻松。

可是，不知从何时起，人们发现了一个奇怪的现象：天使鱼的原产地竟然找不到天使鱼的身影了，反而在其他地方可以看到天使鱼。莫非是原产地的水质发生了改变？有人做了个试验，使用原产地的水，依然可以养活天使鱼，也有人在原产地投放了大量的天使鱼，希望天使鱼能继续在那里繁衍生息，可是，不久，天使鱼又游走了。

后来，有人经过长时间的调查，终于探究出了其中的秘密。原来，那里的土著人，喜欢捕杀天使鱼。原因有三：一是天使鱼长得很像天使，有很好的观赏性；二是天使鱼有清洁伤口的功能，也就是说可以给人治病；三是天使鱼的味道非常鲜美，是一道很好的菜肴。有这么多优点的天使鱼，不管到哪里自然都能卖个好价钱。

土著人捕获天使鱼的方法也很简单，就是将自己脱光了投身水中，假装洗澡，等天使鱼聚集在身边时，让其同伴用网"从天而降"，将洗澡的人与天使鱼一同捕上岸。久而久之，天使鱼眼看同伴遭到了厄运，便纷纷游向了他处。而天使鱼原产地的居民，要想美美地洗一个让天使鱼"按摩"的澡，还得去别的地方才行。

也许，这只是一个传说的故事，其真实性还有待考证，但它的道理却是正确的。一颗善的种子，只有在善的水土中，善的环境中，才能茁壮成长，天使鱼便是这样一颗善的种子。在我们的现实生活中，你、我，还有他，都是这个环境中的一分子。如果这个环境是善的，那么善的种子就一定会生根发芽；如果这个环境是恶的，那么就一定会扼杀善的种子。而这个环境的善与恶，就全靠大家的言和行了。

智慧的副作用

一则关于智慧的寓言是这样：有一只吃饱了没事干的老虎，看到一头水牛被人用鞭子赶着在犁田，于是问牛为何这么听人的话。牛回答说，因为人有智慧。老虎不知道智慧是什么，于是问人。人说，智慧是一样东西，得回家去拿才行。老虎急于知道智慧是什么，便让人回家去拿。人说，如果我回家了，你要吃我的牛怎么办？老虎说，我已经吃饱了，不会吃牛的。人说，为了不让你吃牛，我得先将你绑在树上才行。当人用牛绳将老虎绑在树上后，便回家拿来了火柴。人捡来树叶堆在老虎的身边，然后点着了火。当火苗烧断绳子之后，老虎才拖着被烧伤的身子逃回了森林，从此，老虎终于明白智慧是什么了。

为了获得对付人的智慧，老虎可没少费功夫。并且，从此老虎便与人干上了，专门躲在人的必经之路吃人（景阳岗上被武松打死的老虎便是证据）。可是，人也不能总是这样被老虎吃掉啊，因为像武松那样，能独自打死老虎的人毕竟太少了，为了获得对付老虎的智慧，人也没少费心思。于是，人发明了刀、枪、剑等武器，甚至还挖了陷阱、设置了绳套等，专门用来对付老虎。

终于，老虎被人逼到了濒临灭绝的边缘，人的智慧也得到了空前的发展。于是，没有了对手的人，只得与人斗了起来，战争就这样爆发了。自古以来，为了拥有战胜敌人的智慧，人投入了大量的人力、物力、财力，甚至包括生命。直到现在，人类在这方面的投入，也是非常巨大的。可见，智慧的副作用是多么巨大。

原本，这个世界是和平的、简单的，因为有了"智慧"，所以将这个简单的世界搅得复杂了起来。原本，人类可以直接面对这个世界，可是现在，却必须通过"智慧"来进行间接地面对。当"智慧"一天天变得强大时，却不听人类的管束了，最终，人类的需要变成了"智慧"的需要，而人类却忘记了自己的需要，甚至完全丢失了自我。

帕帕斯蒂岛上的锁

——在大西洋的加那利群岛中，有一个名叫帕帕斯蒂的小岛，它不属于加那利群岛的七个岛屿之一，如果不是身临其境，在地图上是绝对找不到它的。有两个西班牙人，一个叫拉米多，一个叫费尔斯，他们是做防盗门和防盗锁生意的，在途经帕帕斯蒂岛的时候遭遇了强台风，结果他们装满了防盗门和防盗锁的船只在那里抛了锚。

拉米多和费尔斯决定向岛上的人求救，那里住着一些土著居民，如果那些土著居民能够帮助拉米多和费尔斯将船修好，那他们便得救了。可是如果贸然闯入帕帕斯蒂岛内，那些从来不与外界联系的土著居民会不会欢迎他们呢？拉米多和费尔斯犯了难。现在唯一的办法就是将船上的羊肉贡献给那些土著居民，以求得他们的帮助。

住在帕帕斯蒂小岛上的土著居民果然对羊肉很感兴趣，很快便有人拿着斧子、砍刀等工具来给拉米多和费尔斯修船了。在修船的过程中，拉米多和费尔斯向那些土著居民推销起了他们的防盗门和防盗锁。土著居民摸了摸那些门和锁，笑了笑，又放下了。他们的举动让拉米多和费尔斯十分不解，莫非他们嫌我们的门和锁做得不牢固？于是，拉米多和费尔斯决定给其中一家人免费送一扇防盗门和一把防盗锁。可是，却遭到了那家人无情的驱逐。原来，这个岛上的居民家家都没有门更没有锁，他们的食物都是平均分配的，家家都一样，还要什么门和锁？

拉米多和费尔斯只得摇头叹息地回到了船上。晚上，睡到半夜，拉米多突然从床上跳了下来说："有了，我有了将门和锁卖给那些土著居民的办法了。"拉米多详细地跟费尔斯说出了自己的想法，可睡意朦胧的费尔斯还是疑惑地问："这样行吗？"拉米多坚定地点了点头说："行！"

第二天，天一亮，拉米多和费尔斯便分别向岛上的居民发起了羊肉。拉米多向站在自己面前的土著居民每人发放4条羊腿，费尔斯则向站在自己面前的土著居民每人发放1条羊腿。

第一天，岛上的居民风平浪静，他们白天照样上山捕猎，晚上则回家睡觉。第二天，岛上的居民还是没什么变化。第三天，依然在平静中度过。第四天，终于有人向拉米多和费尔斯问起了防盗门和防盗锁的事了。第五天，他们的防盗门和防盗锁被岛上的土著居民抢购一空。

费尔斯问拉米多，你究竟是用什么魔法让他们购买咱们的防盗门和防盗锁的呢？拉米多说："首先要在他们的心里装上一把锁，然后才能让他们主动来购买咱们的防盗门和防盗锁。他们心里那把锁的名字就叫贪欲。开始时，他们之所以能和平共处，是因为他们都不缺少食物，但是后来，当他们发现每人所得的食物份量不同时，便有了不愿与他人分享的想法了。这便是我多给一部分人羊肉，并少给一部分人羊肉的效果。"

这是在西班牙流传了很久的一个故事。后人只要说起那些重利轻义的人，便会说：他的心里一定装有"帕帕斯蒂岛上的锁"。

驯狮员的鞭子

驯狮员罗勃的儿子马克，因为大学毕业后找工作受挫，一直呆在家里再也不敢出门了。这天，罗勃决定带儿子马克去自己的驯狮现场看看。

只一会儿，马克便被父亲罗勃驯狮的情景看呆了。只见罗勃手里那根细长的鞭子就像使了魔法一样，令十几头号称"百兽之王"的狮子温顺无比。罗勃用那根鞭子往地上一指，狮子们便一个个点头哈腰；罗勃将鞭子往上一抬，狮子们便一个个抬起前腿，后脚着地地立了起来；罗勃将鞭子横扫一下，狮子们便会就地打个滚。

马克十分佩服地说："爸爸，你真行！"罗勃说："孩子，不是我行，换作你，也一定行的。"马克不相信地问："真的？我可不敢跟那些狮子呆在一起。"罗勃鼓励地说："有我在呢，你尽管上来试一试。"

马克犹豫了半天，最终还是接过父亲手里的鞭子，走到了狮子中间。马克学着父亲的样子开始指挥起狮子来，奇怪得很，那些狮子居然也十分温顺地跟着马克的鞭子做起了动作。马克不解地问父亲："我又不是驯狮员，这些狮子怎么也会听我的话呢？"

罗勃说："狮子们不是听你的话，它们是在听鞭子的话。"马克更加不解了："这些狮子在草原上一个个凶猛无比，怎么会害怕一根小小的鞭子呢？"罗勃说："那是因为这些狮子刚刚被捕回来的时候，我们就用一根特制的鞭子来驯服它们，那是一根通了电的鞭子，只要它们不听话，便会遭到电击，于是在吃了苦头的狮子眼里，只要是一根鞭子都会威力无穷，所以在遇到我手里这根普通的鞭子时，也会十分顺从。"

马克忽然像明白了什么似的说："爸爸，你今天带我来是不是想告诉我，我不能因为几次找工作受挫便害怕走出家门，其实我的心里装的是一根早已失去了威力的鞭子是不是？"罗勃点了点头："既然你明白了这个道理，那我就放心了。"

就在罗勃想将儿子马克从驯狮现场送走的时候，突然发现马克正挥舞着鞭子在另一个铁笼子里驯狮。罗勃吓出了一身冷汗，赶紧将儿子叫了出来。罗勃说："那些狮子可都是刚刚从野外捕回来的，还没有遭到电鞭的驯服呢。"马克惊魂未定地问："那它们怎么也跟那些已驯服的狮子一样听话呢？"罗勃叹了口气说："看来这根鞭子的威力还真是不小啊，可能是因为它们曾经看到过同类受驯时的情景，知道这根鞭子的魔力不可阻挡吧。"

人生路上总是摆放着许许多多的鞭子，每一次受挫都是一根鞭子，抽打在身上，烙印在心里。特别是看到前人受挫时，后人便再也不敢向前。其实鞭子并不可怕，可怕的是烙在心里那道鞭影！

没有不冒风险的成功

有两个美国青年，一个叫曼狄诺，一个叫克里斯。曼狄诺是一个敢于冒风险的人，而克里斯则是一个保守的人。

一天，曼狄诺找到克里斯，说因为自己的资金不够，想跟他合伙养几百只鸡，开一个养鸡场。克里斯问："有风险吗？"曼狄诺说："当然有风险，成功率大约是百分之五十吧。"

克里斯一听，连连摇头，说："只有百分之五十的成功率？这么大的风险你也敢冒？我劝你，要么放弃这个计划，要么你一个人养，我是不会冒这么大风险，去跟你瞎折腾的。"

由于资金有限，曼狄诺只得缩小了规模，他只购买了100只小鸡崽。克里斯见了，一个劲地摇头，说："才百分之五十的成功率，也就是说，你刚捉回来的100只鸡，就只能算50只了，这个风险冒得也太大了！"

几个月后，曼狄诺的鸡果然只剩下大约50只了。克里斯心痛不已，说："幸好我没跟你合作，不然，我也会跟着一起亏的。"没想到，曼狄诺却毫不在乎，说："你难道没有发现，我那50只鸡马上就要下蛋了吗？"

一年后，曼狄诺靠卖鸡蛋，不但收回了成本，还赚了一笔。于是，曼狄诺再次找到克里斯，想请他合伙投资，扩大养鸡场的规模。克里斯听说他竟然要购买1000只鸡时，赶紧问："有风险吗？"曼狄诺说："投资哪有不担风险的？"克里斯再问："那么，风险有多大呢？"曼狄诺说："因为我已经有了一些养殖经验，所以成功率已经提高了不少，但仍然只有百分之八十的成功率。"

克里斯一听，还是连连摇头，说："我明白你的意思了，如果购买1000只鸡的话，大约会损失200只鸡，这个风险依然很大啊，我可不敢冒这么大的风险。"

曼狄诺这次果然又损失了200只鸡，但他却因此获得了800只能下蛋的鸡，加上前次那50只，总共就是850只鸡。

后来，曼狄诺的养鸡场越开越大，而他面临的风险也越来越大，一次次吓得克里斯摇头不已。同时，也正是因为曼狄诺所冒的风险越大，他的收益也越来越大，他终于实现了自己的理想，成了一位"养鸡大王"。再看克里斯，依然还在为了一个不冒风险的项目，而在努力地寻找着。

敢于冒风险，有可能得不到成功，但是如果不冒任何风险，则一定不会成功。人生中，什么风险都不敢冒，便是最大的风险。

会救人的鱼

在老挝境内的湄公河里，生活着一种会救人的鱼。

这种鱼长约50厘米，身形呈大刀状，背鳍柔软，尾巴宽阔。一旦发现有人落水或者船只遇难，这种鱼便会立即用尾巴拍击水面，"通知"同伴集合，然后成群结队地游向落水者，用它们的身躯及时将落水的人或船只托出水面，并向岸边游去，直至脱险后才悄然离去。当地人根据鱼的特点，称它们为"救人鱼"。

于是，当地渔民便有了个约定俗成的规矩，就是从来不会捕食救人鱼，就算误捕了救人鱼，也会及时放生。但因为救人鱼的味道十分鲜美，其经济价值十分可观，还是有人偷偷地捕捞救人鱼。

有位叫索朗的人，趁着浓浓的夜色，假装驾船遇难的样子，等救人鱼将他送上岸后准备离去时，他便突然将早已准备好的渔网撒向救人鱼！尝到了甜头的索朗，从此白天躺在家里睡大觉，晚上则假装落水，诱捕救人鱼！

因为只需要救一个人，救人鱼只出动很少便能将他救上岸，索朗觉得以这样的速度赚钱太慢了。如果能一下子出动十几个人或者更多的人，那么救人鱼一定会出动得更多，于是他的收获也会更多，如果运气好，他一夜之间便能成为富翁！因为捕捞救人鱼是一件让人们所不齿的事，要找来那么多人肯定是不可能的！最后，索朗想了一个办法，那就是扎很多草人，趁着夜色全部推入水中。

就在索朗跟那些草人一起跳入水中不久，他便看到了一大群救人鱼一边不断地用尾巴拍打水面，一边向他落水的方向游了过来，索朗兴奋得差点大叫起来：我要发财了！但还没等索朗叫出声来，他便发现自己的腿在水里抽筋了！

索朗连喝了几口水，他一边尽力向水面划着，一边大喊"救命啊！"可是，因为是在晚上，渔民都在村子里睡觉呢，也就没人听得到他的呼救声。救人鱼可不管他怎样叫喊，因为它们都在忙着"救人"呢，当救人鱼将一船的草人都推上岸后，索朗已经沉入了河底！

这是个在老挝民间流传了许多年的故事，老人们总是用这个故事来教育孩子们：那些贪婪的人，尽管也能侥幸获利，但最终一定会被贪欲吞噬！

偷 梦

貘是现存最原始的奇蹄目动物，保持前肢4趾、后肢3趾等原始特征；貘体型似猪，有可以伸缩的短鼻，善于游泳和潜水；貘一般分布于墨西哥到哥伦比亚之间，体型较大，躯体粗壮笨重，体长2米，体重200公斤以上；它生性胆怯，不伤人，无自卫能力，遇敌即逃逸：这是一份地理杂志对貘的介绍。

貘虽然不多见，也是一种没什么特色的动物，它既没有狮子的凶悍，也没有狐狸的狡猾，可是却因为一个远古的传说，被赋予了一种神秘的色彩。

传说中，貘以梦为食，每当夜幕降临，它便会从幽深的森林启程，来到人们居住的地方，吸食人们的梦。因为它会发出轻轻的、像摇篮曲一样的叫声，所以它不害怕在吃梦时吵醒熟睡的人们。通常，人们在这样的声音相伴下会越睡越沉，貘便把人们的梦慢慢地，一个接一个地收入囊中。

人们的梦千奇百怪，有的人会梦见自己获得了巨大的成功，也有的人会梦见自己惨遭失败。如果是成功的梦被貘偷去了，那么那人就失去了一次成功的机会，而貘就多了一份成功的力量；如果是失败的梦被貘偷去了，那么那人就会少遭受一份失败的痛苦，而貘就会多遭受一次失败的痛苦。

　　一般而言，那些为人正直的人，所做的梦也正直，而那些喜欢走邪路的人，所做的梦也是邪恶的。与貘生活在同一片土地上的人，都深深地相信这一远古的传说。于是，那些有梦的人，就自己做梦，没梦的人，就只能学着貘的样子去偷别人的梦。

　　只是，大人们会反复告诫小孩，在偷梦的时候，一定要看准人，因为"近朱者赤，近墨者黑"。多跟正直的人呆在一起，你也会走上正直的道路，而总是跟在那些喜欢走邪路的人身后，你迟早会被别人带到邪路上去！

浇不灭的欲火

在马达加斯加生活着这样一种特别的鸟，因为有着一套特殊的灭火本领，所以被当地居民称为"活着的灭火器"。这种鸟的名字叫做水桶鸟，又名长翅蝙蝠鹰。水桶鸟的体型不大，但两只翅膀却硕大，头呈猫头鹰状，有尖硬的爪子，翅膀薄如蝉翼。它们白天蜷伏在高山峭壁洞穴之中，翅膀收缩成折叠状，将身体团团包住贴在壁上。晚上则展开硕大的蝉翅，出洞捕食。

水桶鸟的特别之处在于：一旦森林之中有烟火，它便会马上飞入山下河谷中，用长大的蝉翼装上两桶水。蝉翼一装上水，就折叠成桶状，飞往山火上空，用水将火扑灭。一次扑不灭，再飞往河中装两次、三次，直至将火扑灭为止。千百年来，水桶鸟就是这样默默地保护着森林的安全。

当附近的居民知道水桶鸟的这种特殊的本领后，如果遇上旱季，便在自家的田地里生上烟火，等水桶鸟来为他们"挑"水灌溉田地。不止是附近的居民，如果遇上特别干旱的季节，动物们找不到水源时，也会利用水桶鸟来给它们"挑"水喝。

猴子、野狼、狐狸便经常这样干。它们从居民的田地里取来火种，放在自己的洞穴边上，然后坐在火堆旁张开大嘴，等待水桶鸟的水从天而降，它们便畅快地饮用。有时，需要救济的动物多了，水桶鸟的数量毕竟有限，常常是顾得了这里顾不了那里。所以，忙乱中，水桶鸟便只看哪里的烟火最大，它们便将水往哪里浇。

　　动物们见此，一个比一个的烟火烧得旺，往往弄得水桶鸟疲于奔命，依然还有很多动物得不到水，就是得到了水的动物也希望得到更多的水。为了引起水桶鸟的注意，动物们还在一个劲地烧旺自己的火堆。烟火一旦失去了控制，灾难也就迅速光临了，最终很多动物就这样死在了自己燃起的火堆旁。

两只蚂蚁赢江山

古时候，越国弱小，吴国强大。战败后的越王勾践迫不得已，只得向吴王夫差称臣。在吴王那里，由于屈辱愤怒，勾践几次都想趁吴王不备，用手中的碗或者勺，砸向吴王发泄心中的愤怒。但是，最终没有让勾践这样做的原因，却是两只蚂蚁。

在吴王设置的牢房里，越王勾践自称臣子、罪民，并表示愿意住破屋（牢房）。那天，勾践边吃饭，边想着等吴王来此巡视，等他靠近自己的时候，便用手中的碗或者勺，迅速砸向吴王，以解心头之恨。这时，牢房里突然出现了两只蚂蚁，一只强壮，一只弱小。而且，那只强壮的蚂蚁，还在不断地欺负那只弱小的蚂蚁，那只弱小的蚂蚁无处可逃，但又无还击之力。

越王看了很是气愤，正想一脚将那只强壮的蚂蚁给踩死，但是，他却发现，那只弱小的蚂蚁不但不反抗，还主动向强壮的蚂蚁示好。越王从那只弱小的蚂蚁身上，看到了自己的影子，于是更加气愤，他突然想将两只蚂蚁都给踩死。就在这时，那只弱小的蚂蚁居然趁那只强壮的蚂蚁不备，一口将它给咬死了。

从此，越王受到了启发，不再为屈辱而表现出自己的仇恨，而是将仇恨放在心里，这一放就是多年。不但这样，他还极力讨好吴王，甚至去为吴王尝便，来诊断和了解吴王的病情。就这样，勾践赢得了吴王的信任。

勾践期满归国后，卧薪尝胆，时时不忘灭吴雪耻。他任用范蠡、文种等人，改革内政，休养生息。后趁吴王夫差北上争霸、国内空虚之机，一举攻入吴国并杀死了吴太子。勾践不断举兵伐吴，夫差兵败自杀。勾践成为春秋时期吴越争霸的最终赢家。

俗话说，小不忍则乱大谋。很多人为了争一时之气，而断送了自己的美好前程，甚至是年轻的生命。在我们的一生中，总会遇到小人得志的时候，被欺凌、受屈辱的滋味确实不好受。但如果此时，能忍得一时之气，然后将屈辱变为动力，不断发愤图强，今后必将成就大事。

称猴子老师的国王

巴比伦第一王朝的第六代国王汉谟拉比，在位初期，战争不多，北方的亚述在其国王沙姆希·阿达德一世逝世后分裂，令巴比伦相对变得更强。汉谟拉比利用这段时间进行一系列公共工程，包括加高城墙。公元前1766年，埃兰入侵，汉谟拉比被击败。

汉谟拉比想，这次失败的原因很可能在于那个城墙。因为城墙不止能够阻挡敌人，还能围住自己。这个道理，汉谟拉比还是从一只猴子身上学到的。

那时，汉谟拉比在征战归途中，看到了一只猴子。那只猴子在夜晚睡觉的时候，喜欢躲藏在长满尖刺的灌木丛里。因为猴子的天敌都是很怕刺怕扎的，而这种特殊的灌木丛，枝条上长满了又尖又硬的树刺，睡在里面相对安全了许多。也许猴子自己会为自己的聪明叫绝，认为它们是动物中最会利用自然条件的防御高手。

猴子没有想到，自己的这一聪明做法，既防御了敌人，又伤害了自己。因为丛林里的灌木枝杈上的刺，又尖又硬，狮子和野狗等猛兽固然很怕被扎伤，但躲在里面睡觉的猴子一不小心，同样也会被这些尖刺扎伤。实际情况是，伤到自己的概率竟然大于保护自己的概率。

那次，当汉谟拉比发现不少猴子时，一时兴起便打算捉一只玩玩。这时，一只饥饿的狮子和一群野狗不管不顾地对猴子形成了围剿，它们堵住了灌木丛的出口，眼看猴子们必死无疑，不少猴子还因此中了自己的招，被扎得鲜血淋漓，奄奄一息。汉谟拉比带领士兵及时赶走了狮子和野狗，才救出了一只猴子。

汉谟拉比在回去后，马上撤去了城墙，并勇敢地从围墙里走了出来。公元前1763年，他向北方用兵，占领了埃什努纳、伊新、拉尔萨、马里等城邦，最终控制了整个美索不达米亚。最后，除了北方强悍尚武的亚述和它庇护下埃什嫩之外，两河流域已基本统一在汉谟拉比的铁腕下。后来，巴比伦被等同于两河流域南部，其文明也称为"古巴比伦文明"。这一切都得益于那只猴子的启发，汉谟拉比还戏称那只猴子便是自己的老师。

在这个世界上，很多貌似聪明的做法，其实得不偿失。一旦处境变了，用来防御敌人的武器，瞬间就变成了伤害自己的利器。与其将自己重重包裹起来，以便躲避敌害，还不如主动出击，为自己赢得更广阔的生存空间。

模拟胡狼获成功

　　明末清初军事家、政治家郑成功，一生以其卓越的战略战术著称。在他抗击外敌的过程中，他还巧妙地学了胡狼的战法，并加以利用，最终取得了巨大的成功。

　　郑成功发现，自己一直非常熟悉的胡狼，居然改变了捕猎的对象。它们不再直接去捕捉野兔、山鸡这样的小动物了，而是常常去追赶野猪、角马，甚至野牛。难道不到20公斤体重的胡狼，居然进化到有足够的力量，去捕获一头重达100公斤的野猪和角马，或者是一头重达400公斤的野牛？

　　原来，胡狼追赶野猪、角马、野牛等体型比自己大十几倍、甚至几十倍的动物的原因，并不是一定要吃掉它们，而是想借助它们的庞大身躯，惊动躲藏在丛林里的小动物，比如甲虫、野兔、鼬鼠、山鸡等，只要这些小动物一出现，它们便立即放弃对大动物的追赶，而去捕捉那些小动物。这样一来，虽然它们追赶的是大动物，可是收获的却是小动物。

　　后来，郑成功借鉴了胡狼的作战方法。他首先选择一支强大的部队出击，虽然自己的军队最终还是打了败仗，但他们毕竟有了跟大部队作战的经验。凭着那些经验，他再与小部队抗争时，便有了胜利的把握了。

郑成功就是这样，不停地向大部队学习经验，然后去战胜那些小部队，让自己的部队一步步从小到大，从弱到强，最后成为一支战无不胜的队伍的。

先追野牛，让野牛将野兔赶出来后再去追野兔，胡狼这种独特的捕猎方法，对我们人类很有启发。尽管一个人的力量十分有限，但目标一定要远大，在追求远大目标的过程中，再伺机调整自己的方向。俗话说：得不到太阳，则追月亮，追不到月亮，便摘星星。只要努力了，终会有所回报。

垂钓中的真理

张良祖上五代，便是韩国的将领。在韩国灭亡之后，张良也失去了家园。于是，在今后的选择去向上，张良犯了迷糊。

凭他的才干，肯定不可能一辈子不出山，老死山林。那么，他应该去秦国？那可是灭了韩国的仇人啊，不但韩国的故人会骂他，就是他自己也无法原谅自己。或者去投靠项羽？项羽那时实力雄厚，会不会重用自己呢？再要么就去投靠刘邦，那时，刘邦正在用人之际，并早就对张良伸出了橄榄枝。但张良却觉得刘邦的实力还是小了一些，怕难成大事。一时间，张良还真不知该何去何从。

那天，张良的一个部下，同时也是他儿时的玩伴，约他去钓鱼散心。他们来到了一处水域，并分别找地方坐了下来。两人几乎同时下钓，但好长时间过去了，两人都一无所获。

这时，张良有点耐不住了。张良是个聪明人，脑子好使。而他的部下却是个愚笨的人，不但处事不灵活，还常常有"一根筋"的表现。张良想，既然这里没有鱼，那就赶快换个地方吧，去别处碰碰运气，或许会有更多收获。

可是，换了地方之后，张良还是没有钓上来一条鱼。于是，张良又换了一个地方。就这样，一个上午，张良便换了十几个地方，但均没有收获。等张良回过头去看他的部下时，他居然钓了满满一篮子鱼。张良的部下不解地望着他说，你比我聪明，为何一条鱼也没钓上来？我这么愚笨，为何却钓了这么多鱼呢？莫非那些鱼喜欢愚笨的人，而不喜欢聪明的人？

张良猛然惊醒。其实鱼儿喜欢的不是聪明人，也不是愚笨的人，而是那个能够坚持的人。他既然已经收了刘邦的信，就应该一心一意地跟着刘邦。第二天，他决定去投靠刘邦。后来，他跟随刘邦，南征北战，出谋划策，最终成就了一番伟业。

人生中，不管是做什么事，都应该有所坚守。如果遇到了点挫折，便打退堂鼓，或者做事朝三暮四，蜻蜓点水，就是再聪明，也终将一事无成。而一个懂得坚守的人，就是稍显愚笨，也能成就大业。

羊儿抓老牛

成了军官的张作霖对危害地方的胡匪十分痛恨，极力剿杀。但是，有一个名叫杜立三的土匪很难对付。

杜立三盘踞在辽中县青麻坎。杜立三的势力越来越大，他自称马上皇帝，因为马上功夫了得，而且城池坚固，手下个个凶顽，加之关卡林立，防备极严，一般人很难拿得住他。在他盘踞的地方，随意封官许愿，老百姓都称他为杜大人。实际上，他已经造成了割据之势，政府曾几次派兵进剿，但都败下阵来。

对杜立三是强攻还是智取，张作霖与部下进行了仔细的商讨，认为这种强硬势力应予以智取。他设了一计：张作霖派人到辽中县送上一封贺信，祝贺杜立三被奉天省招抚，当上了大官，官位比张作霖还高，让杜立三速到他的新民府来面见省里的招抚大员。杜立三有所察觉，不敢贸然行动，同他母亲和兄弟商量，他们也认为到新民风险很大，凶多吉少。

此计落空。张作霖没有灰心，他知道自己与杜立三可谓势均力敌，他的话，杜立三肯定不会听。于是，他想到了黑山秀才杜泮林。杜泮林既认识张作霖，又认识杜立三。

张作霖先给杜泮林封了官，然后让杜泮林给杜立三写了一封信。杜立三本来疑信参半，犹豫不定。突然得到他素来景仰的族叔的亲笔信，便疑念顿消，决定前往。张作霖为了不出意外，事先做了周密布置。而杜立三只身赴会，还是十分警惕的。在晋见殷鸿寿时，他坐在背靠墙壁面对诸人的位置，同时两手插入兜内，握住枪柄，观察动静。谈话完毕，殷鸿寿高声喊道："送客！"杜起身告辞，殷鸿寿送至里屋门口，杜立三转身对殷鸿寿说"留步"时，突然被张作霖事先安排的几个壮汉按倒在地。

在这之前，张作霖也早已安派了大队人马，绕道去进击杜立三老巢的准备。得到处决杜立三的消息后，张作霖的部下迅速出击杜立三的老巢。群龙无首，杜的老巢辽中县青麻坎，被一举端掉。除掉了杜立三，扫除了一大害，辽西匪患遂绝，人心称快。

后来，有人问张作霖，杜立三为何信杜泮林，而不信张作霖。张作霖说，我从前看过两牛斗架，两牛因为一点残草，斗得头破血流互不相让。但是，只要你赶了只羊，从旁边过，并马上找到了好草，那牛便马上跟了过去。虽然犟牛往往不服犟牛，但却对弱小的羊儿并不排斥。

权威人物往往像维护生命一样维护自己的权威。权威又可分为形象权威和实际权威，形象权威被挑战，可能仅仅涉及自尊，但实际权威受损，很可能让地位发生动摇。所以，一般的情况下，权威人物在面对权威人物时，都有戒备。但是，在面对非权威人物时，因为伤害的危险性不大，往往会失去戒心。

接纳小狗

美国总统罗斯福，小时候因患小儿麻痹症，所以走起路来总是一跛一跛的。他"另类"的样子，不管走到哪里都会引来异样的目光，这让罗斯福很自卑，从此对这个世界产生了一种对抗的心态。于是，他从不跟人交往，也不跟人说话，每天都是独来独往，形单影只地过生活。

罗斯福家有一只狗，不知什么原因瘸了一条腿，走起路来也总是一跛一跛的。罗斯福认为那只狗在学他走路，于是很生气。只要与狗见了面，便要踢它两脚，或者打它两拳。那只狗呢，可能也跟罗斯福一样，因遭受了人们的欺负，很自卑，从而对这个世界产生了一种对抗心理。只要有人欺负它，它便拼了命地还击。所以，每次当罗斯福与狗相遇时，都会打上一"架"，最终的结果便是两败俱伤。

突然有一天，罗斯福醒悟了，他觉得自己跟那只狗很相像，既然都是可怜虫，又何必相互争斗呢。于是，罗斯福不再欺负那只狗，而那只狗似乎也看出了罗斯福的心事，也不再跟他打"架"了。后来，罗斯福跟狗还成了"好朋友"。由于有了朋友，罗斯福的性格也变得开朗起来。罗斯福发现，其实这个世界并没有他想像的那么糟糕，并试着与人交往，从此积极地融入了社会。最终成为美国第32任总统。

有的人会因为自身的某种缺陷，产生了自卑心理，便以为整个世界都看不起他。此时，他越是与世界对抗，其中的"误会"便会越深，因为他不友好的态度，让人无法接近。其实，世界是广阔的、宽容的，只要你勇敢地去爱这个世界，这个世界也会以宽广的胸怀来回报你的爱。在人际交往中，因为产生了与世界对抗的心理，所以世界也会将你拒之门外；而如果你以接纳的心态面对世界，世界也同样会接纳你的。

几根猴毛的伤害

在法国的新喀里多尼亚岛，我们参观了那里的猕猴。那是一个猕猴的天堂，它们从不怕人，只要有人的地方，就有猕猴。有一位叫邦尼特的当地导游说，如果要驯化野生的猕猴，那得花很多精力。

猕猴生性多疑，一见有人接近，就会"呼啦"一下子逃得无影无踪。于是人们只得选择深秋到初春这段时间来驯化猕猴。因为这时山上的野果稀少，猕猴一般都处于半饥饿状态，人们可以用食物来接近猕猴。

在掌握了猕猴群体活动的规律后，再选择猕猴最熟悉、最爱吃的食物，每天定时、定点地投放。直到它们被食物所引诱，每天来吃，形成习惯后，工作人员便可以站在稍远的地方，既让它们看见，又不至于惊动它们。这样对望了一段时间，让它们对人类不再有威胁感后，就可以公开投放食物了。

公开投放食物时，可以固定信号，如吹哨子、大声吆喝，这样坚持一段时间后，只要发出信号，猕猴便会立即争先恐后地来采食。一般来说，一群野生猕猴要与人类成为朋友，大约需要半年到一年的时间，但是，如果要让它将你视为敌人，则只需要不到一分钟的时间。

　　以前，这里有一位叫波阿西的工作人员，她是一位驯化猕猴的专家，可是一不小心却犯了一个足以让她悔恨一生的错误。由于对女儿的宠爱，为了满足女儿的要求，在她生日那天送一只假猴子给她当礼物，于是波阿西试图将一只猕猴捉住，并在猕猴的身上拔下了几根猴毛。结果，那些猕猴再也没有吃过她投放的任何食物，只要一见到波阿西，猕猴们便会尖声惊叫，相互提醒危险来临。波阿西怎么也想不明白，自己辛辛苦苦驯化的、吃了她投喂的大量食物、得到了她无微不至的关照的猕猴们，竟然连几根猴毛也如此吝啬。后来，波阿西不得不被迫辞职，离开了那些她曾经相处了多年的猕猴们。

　　邦尼特说：猕猴跟人类的性格十分相似，它们可以接受大自然给予的任何灾难，却无法忍受来自朋友的细微的伤害！

向羊学习

温莎公爵在一次战斗中受伤后，与部队失去了联系。最后被一个村庄里的村民给救了。温莎公爵便临时住在了那里。当温莎公爵的伤好后，便想跟那个村民去放羊，以便体验一下民众的生活。

耐不住温莎公爵的苦缠，村民只得在一天清晨，带着温莎公爵，赶着一群羊出发了。由战场上下来的温莎公爵，突然过起了羊倌的生活，觉得很新鲜。于是，一路上，他问了村民很多问题。

温莎公爵发现，那些跑在前面的羊，总是又肥又大，而那些跟在后面的羊，则又瘦又小。于是，便问村民这是为什么？村民说，那些跑在前面的羊，总是最先吃到带露水的青草，喝到甘甜的泉水，时间长了，它便变得又肥又大了。而那些跟在后面的羊呢，只能吃些剩下的草根，喝些被搅混了的水，当然长得又瘦又小了。

温莎公爵不解，又问，那么，既然跑在前面的羊能得到这么多好处，那些跟在后面的羊，为什么不跑到前面去呢？村民说，因为多数羊都贪恋路边的风景，所以总是走走停停，吃吃看看，有时还得用鞭子抽打才行。只有少数羊肩负着为整个羊群指引方向的重任，所以，它们不能贪恋路边的风景，于是便一心赶路和吃草。

温莎公爵想了想说，在这次的旅途中，前面的羊倒是收获巨大，而后面的羊却收获甚小，或者说一无所获，它们的差别可真大啊。

村民说，这就是主动与被动的结果。温莎公爵深受启发，在以后的战斗中，他再也不敢有丝毫懈怠，凡事都是采取主动的进攻方式，最终屡立战功，建立了巨大功勋。

人生就在于树立一个长远的目标，并且坚持不懈地选择主动出击。只有这样，才能把握住每一次机遇，到达胜利的终点。

出卖缺点

《资治通鉴》的作者司马光，一生以诚信为本，虽然他的才学也十分出色，但最为人所称道的还是他的诚信。在他还没有入朝当官的时候，有一件小事，足以证明他的诚信，而这次的诚信居然为他今后入朝为官，打下了良好的基础。

那时候，司马光还是个一名不文的人，每天卖字、画画、替人写书信，也赚不了几个钱。因为穷困潦倒，不得不将家里唯一的一匹马卖掉，来维持一家人的生活。这匹马毛色纯正、漂亮，高大有力，性情温顺，只可惜夏季天气太热，而染上了肺病。在卖马之前，司马光便反复对管家说："这匹马，在夏季时得了肺病，如果有人来买马，可一定要告诉他啊。"

管家笑了笑，说："哪有您这样的卖主啊，要是别的卖主，巴不得将缺点瞒住才好呢，您却要主动告诉人家。如果将事情的真相说了出来，哪还有人买咱们的马呀？就算有人愿买，那也卖不了个好价钱！"

司马光可不认同管家看法，说："一匹马能卖多少钱，那不过是一件小事情，而如果我们因此对人不讲真话，那就是大事情了。要是再毁坏了我们做人的名声，那就是更大的损失了。"

　　司马光的这些话，正好让那个买马的人听见了。原来那人正是高太皇太后和他的管家。虽然那匹马最终卖了个低价，但却给司马光留下了一条光明大道。

　　元丰八年（1085年），宋哲宗即位，高太皇太后听政。宋哲宗问，谁可以为朕主持国政。这时，高太皇太后说，我记得有个叫司马光的人，为人实在本分，而且才学极高，可任他为相。就这样，司马光被召入朝主持国政。司马光怎么也想不到，他之所以能得到皇帝的重用，完全是因为自己当年卖马时，道出了马的缺点。可见诚信真的是无价啊！后来，司马光正是利用自己宝贵的诚信，为国为民，立下了汗马功劳。

　　诚信是道路，随着开拓者的脚步延伸；诚信是智慧，随着博学者的求索积累；诚信是成功，随着奋进者的拼搏临近；诚信是财富的种子，只要你诚心种下，就能找到打开金库的钥匙。诚信更是做人之本，立业之基。

鹦鹉的话

有一个叫乔治的英国人，是个养鹦鹉的高手。由于他养的鹦鹉大都善于模仿人类的语言，并且维妙维肖，所以前来求购的人总是络绎不绝。有一天，一位叫哈里的人前来求购，发现一只鹦鹉正在跟乔治说"你好""今天真是个好日子""祝你好运"之类的话，于是欢喜之余，便花钱买走了。

可是还没有过几天，哈里便将鹦鹉送了回来，乔治问："先生，难道是我的鹦鹉不好吗？"哈里说："什么破鹦鹉，尽说丧气话，要不是看在那天它曾经说过几句好话，我才不会花钱将它买回家呢。"

乔治接过鹦鹉，笑着对它说："你好。"鹦鹉也对乔治说："你好。"乔治又说："祝你好运。"鹦鹉也对乔治说："祝你好运。"乔治转过头来对哈里说："您看，它现在不是说得挺好吗？"

哈里刚将鹦鹉接过去，他的手机就响了起来，因为有人告诉他，他的股票又跌了，哈里便对着手机大声地喊了句："真倒霉！"鹦鹉也跟着说了句："真倒霉。"哈里听了鹦鹉的话更生气了，于是说："你才倒霉呢，去死吧！"鹦鹉也跟着说："去死吧。"

哈里恶狠狠地将鹦鹉递给了乔治说："你看你教的鹦鹉，都说了些什么话，我要求另换一只。"乔治冲哈里笑了笑说："先生，您要退货可以，但不能另换一只。"

哈里不解地问："为什么？难道还要退货费？要多少钱我给就是了。"乔治说："不是钱的问题，而是您自己的问题。"哈里说："我的问题？"乔治说："是的，如果您不打算改一改您的说话方式，您就是换回去了一只，您还得再来换的。"

哈里问："为什么？"乔治说："凭我对鹦鹉的了解，你若是对它问好，它也会对你问好，你若是对它恶语相向，它也同样会对你语出不恭！"

难道人生不是这样吗？若想他人怎样待己，首先要懂得怎样待人！

击败棕熊的鱼

在那一片即将干涸的水域，所有生物都在为生存而战。

一群金龙鱼，被一群棕熊追赶着，在浅浅的水湾疲于奔命。金龙鱼体长50厘米，重量不足20公斤，而棕熊则高达两米，重达200公斤。平时，金龙鱼生活在深水区，与一直在浅水区捕食的棕熊难得见上一面。但是，这次因为久旱不雨，使水域几近干涸，它们竟然狭路相逢了。

一场实力悬殊的战争开始了。谁都以为，这场战争很快就会以金龙鱼被棕熊吃掉而结束，但弱小的金龙鱼似乎并不甘心被强大的棕熊吃掉。它们时而躲闪，时而弹跳，时而急速前进，时而调头转弯，从日升东方，到日近西山，居然没有一只棕熊得手，也没有一条金龙鱼受伤。

就在你追我赶、难分胜负之际，只见所有金龙鱼一齐向西游去，在离棕熊不远处停下后，十几条鱼同时跃出水面。在那十几条鱼落入水中后，另十几条鱼又接着跃出水面，就这样轮换着反复跳跃数次后，快要西沉的阳光通过鱼鳞的反射，就像无数利剑，直插棕熊的双眼。

棕熊群顿时乱成了一锅粥。金龙鱼迅速分成两组，一组继续跳跃，以鱼鳞反射的利光刺激棕熊的眼睛，另一组则冲向棕熊，有的咬脚，有的咬腿，还有的跃出水面来咬棕熊的鼻子、冲棕熊的眼睛喷水。棕熊终于被击败了，带着伤，更重要的是带着空空的肚子逃跑了。

这一幕，刚好被一个叫曹操的人看到了，他那时是许昌7万大军的首领，正与袁绍的70万大军对峙呢。当曹操看到金龙鱼击败棕熊的整个过程时，不由得拍手大笑起来：原来，只要拥有智慧，弱者也能战胜强者啊！于是，他命人将盾牌的反面涂成像金龙鱼身上的鳞片一样的颜色，在与袁绍对峙中，从早晨到日头快要下山时，都举兵不动。直到太阳照到袁军的眼睛时，曹操才令士兵突然将盾牌反转，顿时万道金光如利剑一般射向袁绍的70万大军，顷刻间，袁绍的大军一片混乱。曹操乘胜追击，结果以少胜多，大获全胜。

俗话说：力大胜一人，智高抵千军。只知一味追求自身强大，不会运用智慧，也不肯学习的人，结果常常失利，而拥有智慧、肯不断学习的人，哪怕再弱小，也能绝处逢生。

骏马是怎样得来的

表叔喜欢养马，在我们老家那一带，算得上是养马高手了。他不但养马，还会相马，所以人称"伯乐"。表叔还开了一家骑马游乐场，专供人们休闲娱乐的。

一个星期天，我在表叔的马场骑了一圈后，便缠着表叔教我如何识马。我问表叔，既然您是伯乐，肯定识得骏马，您能告诉我，怎样的马才是骏马呢？

表叔说，你骑的那匹就是骏马。我看了看我刚刚骑过的马，那是一匹个头不高、普普通通的黄骉马，与马场里其他的马匹并没有明显的区别。我又问，它与马场里其他的马有什么不同吗？

表叔说，没有什么不同。我不解地问，这么说，您这个马场里的马，都是骏马了？表叔说，是的，不止是我这里的马，世界上所有的马，都是骏马。

表叔的话让我更加不解了。世界上的马要都是骏马，那又还有什么骏马和普通马之分呢，既然这样，人们也不必为了一匹骏马而花高价四处找寻了。更重要的是，也没有那个著名的"伯乐相马"的故事了。

见我还在疑惑，表叔说，我的话还没说完呢。我的意思是说，世界上所有的马都有可能成为骏马，而所有的骏马也有可能成为普通的马。真正的骏马不是生出来的，而是跑出来的。所有的马，一生下来的时候，都是一样的马，但有的马在经过长期的奔跑锻炼之后，就成了骏马，而如果成为骏马之后就以为自己永远是骏马，那就错了。一旦停止了奔跑，过不了多长时间，骏马就成了普通的马。

多么发人深省的话！骏马不是天生的，而是经过长期的奔跑锻炼而成的。那么，人才肯定也不是天生的，而是经过不断的学习与积累而成的。每匹马都有做骏马的机会，只要它能吃苦肯坚持；每个人都有出人头地的机会，只要他肯学习能坚持！

狮子狗捕鼠

从前，有个叫罗伯森的人，听说金毛狮子狗擅长捕猎，不禁十分羡慕。于是，他不惜花费巨资，托朋友亨利在外地买到了一只金毛狮子狗。

得到了狮子狗的罗伯森非常高兴，他给狮子狗套上了纯金打造的脖套，系上了镀金的绳子，还给它穿上了丝绸衣服，每天都给它新鲜的牛肉吃。一有时间，罗伯森便牵着它去外面散步，并向邻居们炫耀："你们看，我的狮子狗多强壮，多威风？它可是个捕猎专家呢！"

一天，就在罗伯森牵着心爱的狮子狗一边散步、一边向邻居们炫耀时，正好有只老鼠从罗伯森的脚边跑过。为了向邻居们展示一下狮子狗的能耐，罗伯森立即放开狮子狗，并命令它去捕捉那只老鼠。

可是，狮子狗只是漫不经心地看了老鼠几眼，并没有展开捕捉行动。罗伯森觉得很丢面子，气得大骂起来："我对你这么好，让你捉只老鼠都不肯，真是不给我面子！"接着，又一只老鼠从罗伯森的脚边跑过，罗伯森再让狮子狗去捕捉老鼠，这次，狮子狗甚至连看都没看那只老鼠一眼。罗伯森终于被激怒了，他气得拿起鞭子狠狠地抽起狮子狗来。接下来，罗伯森将狮子狗的脖套由纯金的换成了铁的，绳子由镀金的，换成了棕绳，丝绸兜肚则换成了破麻袋，每天吃的新鲜牛肉也换成了残羹剩汤。

一天，罗伯森的朋友亨利来访，发现那只金毛狮子狗居然被罗伯森关在了一个废弃的牛棚里。听完罗伯森的抱怨后，亨利叹了口气，说："我听说，皇宫里的宝剑虽然锋利，但用来砍柴，却不如一把普通的砍刀；高贵的丝绸虽然漂亮，但用来洗澡，还不如一块粗布。狮子狗虽然强壮，但用来捕捉老鼠，却不如猫。你为什么不让猫来替你捕捉老鼠，而放开狮子狗去捕捉野猪那样的大型野兽呢？"于是罗伯森按亨利说的去做了，很快，猫把老鼠捉完了，狮子狗也捕捉到了许多野猪、野羊等大型野兽。

在我们的生活中，每个人都不是全才，只有知人善任、用人所长，才能将事情办得更好，更圆满。否则，不但无法将事情办好，还浪费了人才。

艾塔斯卡湖里的网

在密西西比河的源头，也就是明尼苏达州，有一个湖，名叫艾塔斯卡湖。生活在那里的土著人有一个捕鱼的绝活，流传甚广。

一般人捕鱼，要么是划船用网去湖里捕捞，要么是坐在岸上用渔竿进行垂钓，但艾塔斯卡湖边上的土著人捕鱼的方法却不是这样的。他们认为，如果整天划船用网去湖里捕捞，太过主动，长此下去，迟早会将湖里的鱼捕完的，这样虽然得到了不少眼前利益，但却不能让他们的生活得到长久的保证；而坐在岸上用渔竿进行垂钓，又来得太慢，不但局限了垂钓的范围，而且有些鱼根本就不咬钩，这样的收入，也很难保证让他们过上丰衣足食的日子。

他们的方法是：织一张网，按每家人口的多少，在湖边圈一处相应大小的面积，然后就坐等收鱼了。这张网的网眼是有严格设置的，不能太大，也不能太小。主要是让那些小鱼苗能通过网眼钻进网里，当小鱼长到能食用时，又不能从网眼里钻出去。

就这样，生活在艾塔斯卡湖边上的土著人，不需要划船用网去湖里捕鱼，也不需要整天坐在岸边进行垂钓，日子一样过得有滋有味。他们只需要在每年固定的几个时间段，起网拿鱼就可以了。其他的时间，则用来休闲。可以去远方旅游，也可以宅在家里烹调美食，或者什么也不干，静静地发呆也行。

可是，这样美好的日子并没有持续多久，"现代文明"的风浪便猝不及防地冲了进来。首先是一个人从外面购来了机动船，机动船捕鱼的速度，快得让那人一夜之间便拥有了豪华别墅、高级轿车，还有一笔丰厚的存款。接着又有一部分人以同样的方式富了起来，然后是所有人都跟着富了起来。

但这种富裕的日子没过多久，便因河里的鱼儿迅速减少，而让大家的日子难以为继了。于是，人们虽然住着豪华别墅，开着高级轿车，守着各种先进的捕鱼设备，日子却过得愁眉苦脸。因为河里没鱼可捕啊。

于是，人们开始怀念起当年艾塔斯卡湖里的那些网来。有了那些网，他们便有了美好的日子，而一旦撤去了那些网，他们的生活也将从此与美好绝缘。在我们的现实生活中，也存在着一张这样的网，尽管人人都懂得网的重要性，但却总是控制不住自己的欲望，而使那张网形同虚设，最终害人害己。这张网的名字就叫做：知足常乐。

走得慢的原因

一个学生，因为成绩总是上不去，老师找他了解情况。他说："不知道为什么，我在学习的时候，脑子里便乱成了一锅粥。"老师耐心地问："那究竟是一锅什么材料做成的'粥'呢？"学生诚实地回答："有时候是打游戏的情景，有时候又是电影里的画面，还有时候又是一些美味的食物，总之，都是一些好玩或者是好吃的东西。"

老师叹了口气，说："原来，你还背着包袱啊。"学生扭头看了看自己的身后，又用手反着探了探，说："我的身上背着包袱，我怎么没发现呢？"

一个穷人，见别人的日子一天天好了起来，而自己依然过着穷日子，心里非常着急，于是，去请教一位创业专家。专家问："你为什么不像别人一样去劳动呢？"穷人说："我可没闲着，我一直在想办法创业呢？"

专家问："那么，你为什么迟迟没有行动呢？"穷人不无担心地说："每次当我准备创业的时候，我就会想，如果失败了怎么办？于是，我一下子便对创业失去了信心。"专家叹了口气说："原来你还背着一个包袱啊，怪不得呢。"

　　大家都知道，陆地上爬得最慢的动物是乌龟和蜗牛，而海里面爬得最慢的动物是螃蟹和海龟。那么，它们为什么爬得慢呢？原因是，它们都背着一个沉沉的包袱，那便是它的壳。而那些鱼类、鳝类，因为身上没有壳这个包袱，所以行动迅捷。

　　人类也是一样，因为包袱过重，所以走不动、走不远。只有去掉了包袱，才能走得快、走得远。只不过，动物们的包袱背在身上，而人的包袱却背在心里而已。

吃亏在暗处

　　有两个农夫，一个叫哈利，一个叫西蒙。两人除了耕种之外，还各自养了一群鸡，于是，卖蛋便成了他们的另一项工作。

　　两人既是邻居，又是竞争对手，谁都想早点将一天的鸡蛋卖完，以便多点时间休息，或者与家人外出。于是，他们便暗暗地较上了劲。

　　可是任哈利挖空了心思，也斗不过西蒙。哈利甚至在自家门口打出了每买50个鸡蛋送1个、买100个鸡蛋送3个的广告，但仍然收效甚微。

　　眼望着西蒙家前来买蛋的人络绎不绝，每天仅半天时间，就将蛋卖空了，西蒙既嫉妒，又迷惑。于是，哈利咬咬牙，又打出了每买50个鸡蛋便送2个、买100个鸡蛋送6个的广告。但是，令哈利不解的是，来他家买鸡蛋的人依然很少，而去西蒙家买蛋的人还是很多。

　　难道西蒙送出去的蛋比他的还多？哈利仔细核算了一下成本，如果再多送的话，就没利可图了。更让他不解的是，西蒙甚至连广告都没打，他究竟是用什么魔力将客人吸引过去的呢？

　　哈利实在忍不住了，终于找到了西蒙，并向他请教卖蛋的技巧。西蒙说："我哪有什么技巧，就算有，那也是跟你学的。刚开始，你打的广告是每买50个鸡蛋便送1个、买100个鸡蛋便送3个，于是，我也就跟着你做。后来，你打的广告是每买50个鸡蛋便送2个、买100个鸡蛋就送6个，我也是跟着你做的。这不都是跟你学的么？"

哈利更奇怪了，说："那为什么我的鸡蛋卖不掉，而你的鸡蛋每天都是早早地就卖光了呢？"

西蒙拍着脑袋，仔细想了想后，说："哦，我想起来了，可能是因为你送在明处，而我是送在暗处的结果吧。"哈利不解地问："鸡蛋还有送在暗处的吗？那又是怎么送的呢？"

西蒙说："每次有客人买鸡蛋时，如果是50个，我就故意给客人51个，然后告诉他是50个，如果有人买100个，我就故意给他103个，然后告诉他是100个；后来，见你的广告又换了，我又暗中送出了与你相同数量的鸡蛋。"哈利依然不解，问："我跟你送出的都是同样数量的鸡蛋，为什么客人都买你的，就是不买我的呢？"

西蒙笑了笑，说："这可能就是暗送与明送的不同之处吧，你声势浩大地打广告，那当然是明送了。客人都知道那是商家的促销手段，今天占了便宜，也许明天就占不到了。但我的暗送，别人会说我傻，连个数也数不清。只要是占了一次便宜的人，准会回头占第二次便宜。如果一连占了几次便宜，他就会认为我真是个傻得不可救药的人了。如果你碰上了这么个傻子，你会不会想长期占他的便宜呢？"

生活中，也有这么两种人，一种人讲究的是吃亏也要吃在明处，一定要告诉别人，是你占了他的便宜，并且还要说明，究竟占了多少便宜。这样，那些占了便宜的人，尽管明白自己占了便宜，但总觉得这是个人情，于是无形中便背上了个心理包袱，下次可不能再占人家的便宜了。

而另一种人，吃了亏就吃了亏，只要自己心中有数，别人知不知道无所谓。于是，那些占了便宜的人，明知道自己占了便宜，却没有心理负担，是你错算给我的，又不是我故意占你的便宜，所以下次还会心安理得地去占别人的便宜。

最终的结果是，那些吃了明亏的人从此失去了"吃亏"的机会，也就再也无法获得收益了；倒是那些吃了暗亏的人，却还要接着"吃亏"，最终成了长期的受益者。

克服恐惧

刘邦和项羽原本是同盟军，但后来因为没有对手了，所以他们也成了对手。刘邦一直处于弱势，项羽一直处于强势。所以，刘邦在面对项羽时，总是显得小心翼翼，生怕得罪了他，而被他追打。但是，再怎么小心，也是要面对最后的决战的。

公元前207年12月，刘邦灭秦后在关中称王。与此同时，项羽挥军破了函谷关。因为两军共同的敌人没有了，于是，项羽想消灭刘邦军，为自己赢得天下做准备。刘邦自知不敌，但又无处可逃。刘邦就这样处在进退两难之间，度日如年。

刘邦驻军的后山顶上，可以看到一望无际的草原。那里常有狮子、长颈鹿等动物出现。刘邦每天都要站在山顶上望着草原想心事。时间长了，刘邦发现，长颈鹿在面对强大的狮子的时候，却并不逃跑。虽然狮子奈何不了成年长颈鹿，但还未成年的小长颈鹿也没有逃跑。只要狮子一追上来，成年长颈鹿便带着小长颈鹿跑了起来，狮子一停下来，它们也停了下来，并继续不慌不忙地吃草。

刘邦突然感悟到，作为弱者，虽然草原广阔，但不管长颈鹿带着它的孩子们逃到哪里，都会遭遇到狮子。与其逃跑，还不如勇敢面对。于是，刘邦也领悟到了长颈鹿的良苦用心：让小长颈鹿从小就直面狮子，克服它们害怕面对天敌的恐惧。也就是我们通常所说的，采取敌追我跑、敌停我停的办法，这比长期东躲西藏要强得多。只要它们长大了，拥有了像成年长颈鹿一样强健、高大的四肢，狮子就奈何不了它们了。

刘邦觉得，自己的军队在面对项羽时，与长颈鹿面对狮子时何其相似啊。于是，刘邦决定，勇敢地与项羽周旋，等自己的军队克服了对项羽的恐惧时，便能变得强大起来了。

后来，刘邦一边与项羽周旋，一边不停地扩军练兵。而两军的实力也慢慢地发生了改变，刘邦越来越强，而项羽则越来越弱。

公元前202年1月，刘邦、韩信、刘贾、彭越、英布等各路汉军约计70万人，与10万久战疲劳的楚军于垓下（今安徽灵璧县南）展开决战。最终，刘邦打败了项羽，赢得了天下。

最恐惧的东西，往往就是自己最需要面对的东西。你害怕什么，就应该拿出勇气来面对什么。只有敢于面对恐惧的人，才能将恐惧击倒，最终站在胜利的领奖台上。

第四章

谁能跑过千里马

巧布羊阵

　　康熙二十年（1681年）十一月，吴三桂发动了有名的"三藩之乱"。面对吴三桂的凌厉攻势，和大臣们慌乱的表情，康熙倒是显得胸有成竹。

　　那时，吴三桂是步步紧逼，而康熙则步步撤退。就在吴三桂被胜利冲昏了头脑时，康熙突然来了个大反攻，并将吴三桂团团围住了。此时，吴三桂因兵精粮足，加上他还自恃曾为清朝立下了汗马功劳，对清兵的战法了如指掌，所以还是没把康熙这个晚辈皇帝放在眼里。并力图引发双方激战的场面，这样对善于征占的吴三桂会更加有利。但是，没想到康熙却围而不攻。

　　就这样，十几天过去了。吴三桂的粮草慢慢地减少了，兵士的锐气也慢慢地消失了。这时，康熙突然放出一支牛队，向吴三桂猛攻过去。吴三桂毕竟是久经战场的老将，并没费多大力气便将牛队给消灭了。

　　这时，康熙又向吴三桂放出了一支羊队。连牛队都不放在眼里的吴三桂看了，忍不住哈哈大笑起来，看来康熙是怕我没吃的，给我送羊肉来了。吴三桂令骑兵像消灭牛队一样来消灭羊队。可是，这次却不灵验了。因为羊儿个小，又非常灵活，吴三桂的骑兵能够轻松地消灭牛队，却够不着那些羊儿。

最后，吴三桂只得令骑兵弃马，下地来抓羊。就在他们满山坡地来抓羊的时候，康熙的铁骑迅速地向吴三桂的队伍冲了过去。吴三桂大败。"三藩之乱"彻底地得到了平定，从此结束了滇、黔、闽、粤严重割据分裂的局面。

后来，有人问康熙，为何不先用羊队，再用牛队。康熙解释说，如果羊队用在前面，依然能够引起敌人的警觉，但是如果将羊队用在后面，却能很好地麻痹敌人。

这正是一代大帝，杰出的政治家和军事家，智慧过人的表现。于是，人们称他为中国历史上三百多位皇帝中的佼佼者，并不为过。

俗话说，长江后浪推前浪，一浪定会高过一浪。所以，人们通常都会误以为，后面的肯定会比前面的强。当后面的比前面的弱时，就会误以为再后面的会更弱，以此产生懈怠的感觉。而一旦事物并不是自己想像的那样，则立即方寸大乱。所以，不管在何时，都不要小看弱者，很多时候，弱者一回首，便成了强者。

来自蜻蜓的经验

　　民营企业家张光辉，几乎每天都要接待一些来访者，他们大都是来索取成功经验的人。可张光辉对所有人只有一句话："要索取成功的经验，请先看蜻蜓是怎样飞翔的，因为我的经验就是从它那里学来的。"

　　于是很多人都去观看蜻蜓飞翔，城市里没有蜻蜓，就去郊区或者农村。蜻蜓一会儿左、一会儿右、一会儿上、一会儿下地飞着，让人眼花缭乱。人们想，蜻蜓的飞翔与成功的经验哪里挂得上勾呢。再看张光辉的创业史，他早年是农民，在家种过田、养过猪，后来又去城里开服装店、开饭店，几年后又回到老家养猪、种田，最后再次去城里开服装店，直到现在拥有300多名员工的服装厂，他的经历毫无规律可循。

　　突然，有人想，蜻蜓是在随风飞翔，所以人们看到的蜻蜓都在狂飞乱舞；而张光辉的成功，也可能像蜻蜓的飞翔一样，是误打误撞得来的。张光辉是不是想告诉我们：成功需要的不是经验，而是胆量？最后，人们得出结论，成功就像买彩票，全凭你有多少胆量，成不成功，就要看运气了。运气好的人便中了大奖，运气不好的人什么奖也中不了，而张光辉便是那个中了奖的人！

从此，再也没人去找张光辉索取成功的经验了，他们原来干什么的，现在依然去干什么。因为他们都知道，买彩票是没个准头的，成功也是没个准头的，与其挖空心思去想怎样成功，还不如随遇而安过得自在快乐。

突然有一天，一位叫李成锦的民营企业家说，他之所以取得了跟张光辉一样的成功，其经验完全来自张光辉。他说："蜻蜓的飞翔看似狂飞乱舞，实则是有规律可循的，谁都知道，蜻蜓最喜欢吃的是飞虫，它的目标也只能是飞虫，所以它是紧紧地盯着飞虫在飞翔。从张光辉的经验里，我学到，只有紧紧地盯着市场，跟着市场走，才能成功！"

他的话让很多人眼前一亮，人们纷纷后悔，当初怎么就没看出张光辉的用意呢？可是，令人们没有想到的是，张光辉也被李成锦的话吓了一跳。因为他当时让人们去看蜻蜓飞翔的意思并不是这样的。张光辉说："我小时候家里穷，兄弟姐妹又多，所以连个思考问题的地方都没有，当我要思考问题的时候，便只能坐在晒谷场或者稻田边，边看那些蜻蜓飞翔，边思考问题。因为我实在谈不出什么成功的经验，又怕说出实话来别人不肯信，所以便跟别人打了个哑谜，没想到还真有人从里面找到了成功的经验！"

没有绝对的弱者

　　美国星瑞公司要寻求合作伙伴的消息经媒体一报道，许多中型企业都纷纷出动，使出浑身解数。其中拉塞尔公司从众多竞争对手中脱颖而出，有望与大公司星瑞合作。只是，星瑞的总裁史蒂芬·罗是个脾气古怪的人，谁也无法预料他还会出一些什么招数来考验拉塞尔公司。当得知星瑞公司总裁史蒂芬·罗决定考核拉塞尔公司的诚信时，拉塞尔公司终于松了一口气，因为拉塞尔公司自认诚信不错，也有足够的把握争取到这次与星瑞公司的合作。

　　拉塞尔公司按照星瑞公司的要求找来了7家曾经合作过的公司，星瑞公司公开询问那7家公司对拉塞尔公司的诚信度是否持肯定意见。令拉塞尔公司大吃一惊的是，前面6家公司就有3家公司对拉塞尔公司的诚信提出了质疑。尽管拉塞尔公司对其他3家公司否定的答案很不服气，但星瑞公司却给予了肯定。现在，6家公司有3家公司提出了不同意见，也就是说，场上的票数已经持平。

　　第7家是普立公司，也是一家最不起眼的小公司。可是，他却成了最关键也是最令人瞩目的一家公司，因为他那一票就可以决定拉塞尔公司的前程。令拉塞尔公司万万想不到的是，普立公司投了反对的一票！普立公司道出了拉塞尔公司失信于他的原委。原来有一次拉塞尔公司将一张单据在双方规定的期限内迟给了普立公司一个小时。那时，拉塞尔公司的一位职员已经处理了许多大公司的单据之后，刚好到了下班时间，便下班了。这样，普立公司的那份单据便留在了下午上班时才处理，结果整整迟了一个小时。普立公司由此断定拉塞尔公司瞧不起他们的小公司，而故意失信，因为如果不是上面的暗示，一个小职员是没有权利将普立公司的单据压下来一个小时的。在确凿的证据面前，拉塞尔公司终于低下了头。

这件事令我联想到了一则寓言。狐狸以自己的媚态迷上老虎后，便天天狐假虎威地欺负其它动物。当狐狸又吵闹着要吃兔子肉时，老虎只得命豺狼去找了一只兔子回来。在狐狸吃兔子之前，机灵的兔子说，它有一个办法可以让老虎大王更加宠爱狐狸。兔子说，老虎大王最不喜欢狐狸的鼻子，如果狐狸下次见到老虎的时候用一只爪子捂住鼻子，那么老虎大王便更加喜欢狐狸了。狐狸信以为真，便决定留下兔子来当它的仆人。

有一次，老虎不解地问兔子，狐狸最近为什么见到它时总用一只爪子捂住鼻子。兔子支支吾吾地不敢说，在老虎说了免兔子的死罪后，兔子小声地说出了原因。因为狐狸嫌虎大王有口臭！老虎勃然大怒，立即命豺狼将狐狸咬死后吃掉，兔子则趁机溜了。

在这个世界上，没有绝对的弱者。正所谓尺有所短，寸有所长，强者自有其强项，弱者也有其长处。所以千万别忽视了弱者的力量！

明亮的心境

　　1893年7月，在江南无锡小城的一个道观里，一个叫华彦钧的小男孩出生了。华彦钧的父亲是一个穷人，可是他却跟名门望族家的一个寡妇好上了，所以才有了华彦钧这个私生子。他们真心相爱，却难容于当时的社会，不久，他的母亲被逼自尽了。

　　华彦钧则被一个道士收养，在那里，他度过了七年孤苦的童年时光，没有父母的关爱，更不知道谁是他的父母。后来，他便跟道士学习二胡、三弦、琵琶和笛子等多种乐器的演奏技艺。17岁那年正式参与道场演奏，博得众人的一致好评。可是，祸不单行，不久，教他音乐的道士得重病去世了，就在道士故去后不久，华彦钧也因一场大病而变成了盲人。

　　在华彦钧双目失明后，许多人觉得他这个人完了，肯定会坐在家里等死。但是，不久后人们吃惊地看到，华彦钧正神采飞扬地坐在街头演奏二胡。他虽然靠演唱来维持生活，却从来没有做过乞讨的样子，身上的衣服虽然破旧，但都是缝补洗净的。抗日战争爆发了，他虽然看不见，但却爱听新闻，并把听来的消息用说新闻的形式表演给大家。他就是著名的音乐家瞎子阿炳。华彦钧认可了"瞎子阿炳"这个艺名，其中既不乏自我解嘲的幽默感，也可以看出他在苦难面前的处乱不惊。

阿炳究竟是怎样从苦难中走出来的，可谓是个谜，那时人们的说法不一。其中有一种说法是，阿炳碰到了一个街头卖艺的盲人，那位盲人给准备寻短见的阿炳讲了一个故事。故事是这样的：在黑暗的地下洞穴中，有人发现了一种罕见的盲鱼。它们能忍受饥饿，不怕寒冷，也不怕热。在零下30度的水温中，都不致丧命，生命力极强。人类没有眼睛就跟黑夜里没有灯一样，做什么事都不方便。可是，这种鱼就没有眼睛，因为它们长期生活在黑暗的地下河流里，黑暗的自然环境使它们的眼睛失去了应有的作用，时间长了，这种鱼的眼睛就退化了，成了瞎子。但是这种盲鱼的触须特别灵敏，别看没有眼睛，可丝毫不影响它们的生活和情绪。它们身体很小，没有人知道它们竟在这个地球上生活了几千年。卖艺的盲人说，我们就是这样的一种盲鱼，虽然没有了眼睛，可是我们照样可以依靠明亮的心境生活。阿炳听了这个故事后，终于振作了起来，第二天便走上街头当起了流浪艺人。有时候，明亮的眼睛不能看到的东西，却因明亮的心境而获得。也正是因为阿炳双目失明后心无旁骛，所以才创作出了《二泉映月》等名曲。

每个人的生活都不是十全十美的，命运在将缺陷送给你时，也会同时将一些幸运送出。是将缺陷转化为生活的动力来创造美好的人生，还是被缺陷征服从此消沉下去，全看你面对人生的态度。

谁能跑过千里马

公元前307年，也就是战国时期，秦国因战事需要，大量招募邮差，让战士们与家人能够保持联系。可是，因路途遥远，再加上战场的不固定，那些仅靠双腿走路的邮差总是无法及时将信件送到目的地。

怎么办？这时，秦国皇帝嬴政下令，以重金招募那些跑得快的人来当邮差。为了那份高薪，一时间，很多人都在练习长跑。主考官的标准是：谁能够跑得过千里马，就能入选邮差。于是，很多人每天都跟在马的后面练习跑步。可是，很长时间过去了，还是没人跑得过马。自然，主考官连一个合格的邮差也没招到。

只有一个叫成的人，没有跟在马的身后跑，他天天在自己家的院子里练习骑马。邻居们都笑话他：你不将马赶到外面去跟在马的后面练跑步，而是将马关在家里，难道你还能从马的嘴里得到什么长跑的秘诀不成，成没有吭声，而是继续练习骑马。

考试那天，当成骑着马像箭一样从主考官面前跑过时，所有人都惊呆了。那些被马远远地抛在后面的应聘者也停了下来，甚至都忘了比赛。成就这样当上了秦国的第一位合格的邮差。有一位公司的领导者，手下招有一批能干的人。那些能干的人创造了很好的经济效益。可领导者并不满意。他担心那些人总会离他而去，他觉得，只有自己拥有了真本领，那才是属于自己的。于是，领导者虚心向那些能干者学习。领导者不怕吃苦受累，也不怕别人嘲笑他屈尊求教。可是，尽管他每天累得骨头散了架，也没能学会那些本领。不但本领没学会，还因公司疏于管理，使经济效益日渐下滑。最后,那些能干的人不得不另谋他处。

在我们的现实生活中，这样的领导者其实很多，他们容不得手下人比自己能干。他们总是觉得只有自己学好了本领，才能真正为自己创造效益。殊不知，人的精力有限，而且各有所长，要想将所有长处集于一身，谈何容易。

不可示人的伤口

有一则寓言故事是这样说的：森林里一只小猴子，有一次不小心从树枝上掉了下来，并将肚皮划破了一道小口子。当遇到同伴时，小猴子便指着伤口让同伴们看。大家一边轮流察看着小猴子的伤口，一边对小猴子的不幸给予了极大的同情。而小猴子的伤口，每经过一次察看，便被撕开一点，最后小猴子因伤口太大、流血过多而死去了。

有个公司老板，因为与合作者在一个项目上的意见不同而争吵了起来。但他经过仔细权衡利弊，还是决定屈从合作者的意见。可是，他的心里却因为这件事情而总是感到不快，虽然事情已经过去了，而且也不是很重要，但他依然忍不住要跟别人说起。那件事就像一个伤口，每说一次，伤口就会被撕大一点。

后来，尽管他再也不愿提起了，可是，那些关心他的朋友、亲人，仍然会时不时地提起，这让他感到越来越伤心、委屈，最后，他终于忍不住跟合作者翻脸而分道扬镳了。结果因为再也找不到理想的合作者，他的公司破产了。

有一个女人，因为一件小事与丈夫吵架，于是她跑回娘家一说，便立即招来兄弟姐妹的高度关注。大家纷纷表示，不能让她受这样的委屈，现在就这样，那以后老了，变成黄脸婆了，他还不变本加厉地让她受委屈?那件事就像一个伤口一样，每被提起一次，她就觉得那个伤口被撕大了一点。最后，尽管她早已忘了那次吵架的原因，但伤痛却再也无法弥补。终于，她与丈夫离婚了。

有一个公司职员，因为遭到上司的批评，心存不快，尽管那件事情确实是他错了，但他觉得上司的批评还是过于严厉。于是一不小心，他便跟朋友、同事说起了这件事。大家也都觉得他的上司做得有点过分，于是，每一次说起，在他的心里便增加了一次对上司的愤恨，在工作上，他也就不由自主地对上司有了抵触情绪。最终，他因与上司无法和平相处而离开了那家公司，又加入了失业大军，踏上了漫长而艰辛的求职之路。

人生中，遭遇磕磕碰碰总是难免的，而一些原本无关紧要，只要不予理会，很快就能消失的小伤小痛，却因为自己内心长久的惦记，以及他人的过分关注而使伤口难以愈合，最终导致小痛变剧痛，小伤成大伤。

一张兽皮的启示

一个小作坊，因为获得了几笔意外的订单，而发展成了一家小公司。小作坊的老板自然也升为了小公司的总经理。初获成功的总经理觉得，自己的公司还有发展的潜能，最好是尽快发展为一家大公司，那他便不是总经理，而是董事长了。

于是，总经理招集自己的员工，向他们征集如何让小公司，尽快发展成为大公司的意见和建议。有员工说："虽然我们因为获得了几笔意外的订单，让小作坊一下子变成了小公司，但既然是意外的订单，便不会经常拥有。所以说，要想让小公司变成大公司，还得经过较长时间的过程。我们现在最需要做的是，如何让那些意外的订单，变成我们长久的订单！"

总经理点了点头，表示有道理，但这个却不是他最想听到的答案。于是，有员工接着说："与其去抢别人的订单，还不如将自己的产品做好，只要产品好了，还愁没有长期订单吗？但要想将产品质量搞上去，也需要较长一段时间来研制，恐怕一下子很难完成从小公司到大公司的跨越。"

总经理依然点了点头，表示有道理，但这个仍然不是他最想听到的答案。最后，一位员工说："要想让小公司一下子变成大公司，那还不容易？大公司不同于小公司的特点是什么？不就是员工比我们多吗？如果在我们小公司的基础上，再招2000人，那我们不也变成大公司了？"

不少员工马上提出反对意见："一下子招这么多人，像我们这么个小公司哪里承受得了？"那位员工也马上反驳："既然想做大公司，就得有大公司的气魄，市场这么大，为什么大部分业务都被那些大公司抢走了？不就是因为他们人多力量大吗？"

听到这里，总经理终于激动得拍起手来，说："好，这个建议最好！大家就不要再争了，明天准备招人！"一心想将小公司尽快变成大公司的总经理，怎么也没想到，因为小公司缺少像大公司那样的配备，很快就被过剩的人员拖垮了，最后又回到了那个小作坊。

有一则寓言是这样说的：几只饥饿的狗，看见河里浸泡着一张兽皮，它们使劲够也够不着。于是，大家便商定，一起喝干河水，就能得到兽皮了。结果，还没得到兽皮，它们的肚皮就被河水胀破了。

对于小公司的总经理来说，那个关于大公司的梦想，就是一张浸泡在河水里的兽皮，虽然看得见，但短时间内却是得不到的。这个故事同时也告诉我们，凡事都要量力而行，如果一心只想追求希望空大而渺茫的利益，结果，不但所希望的东西得不到，还会付出惨重的代价。

一条没有鱼鳔的鱼

　　有一个年轻人，因为家贫没有读多少书，但他并不满足于贫穷的生活，于是他去了城里，想找一份工作。当他四处碰壁后，他发现城里没一个人看得起他，因为他衣衫破烂，口袋里没有多少钱，而且还没有文凭。最重要的是他认为，还是没有文凭。他呆在旅馆里整天唉声叹气，就在他决定要离开那座城市时，他忽然想给当时很有名的银行家罗斯写一封信。他在信里抱怨了命运对他是如何的不公，并且没有文凭也不是他的错，他其实是个很爱学习的孩子，是父母没有钱送他上学，可是这个该死的城市，没有文凭就没法找到工作。在信中他还说，如果您能借一点钱给我的话，我会先去上大学，然后再找一份好工作。信寄出去了，他便一直在旅馆里等，几天过去了，一点消息也没有。他想银行家那么忙，也许根本没时间看他的信，但他却了却了一个心愿，他完全有理由从这座城市消失了，尽管离去是痛苦的，他也要为这个痛苦找一个理由。

　　两天后，他用尽了身上的最后一分钱，而他也将行李打好了包。就在这时，房东说有他的一封信。他不相信似地拆开了信封，居然是银行家罗斯写来的。他的心提到了嗓子眼。一个有钱而有势的银行家竟真的看了他一个流浪汉的信，并抽时间给他回了信。可是当他看完信后心也一点点地变凉了，银行家罗斯并没有对他的遭遇表示同情，而是在信里给他讲了一个故事。

罗斯说，在浩瀚的海洋里生活着很多鱼，那些鱼都有鱼鳔，鱼鳔对于鱼来讲是很重要的，因为有了它，鱼就可以很自由地上浮下潜，极为灵活，但是惟独鲨鱼没有鱼鳔。没有鱼鳔的鲨鱼照理来说是不可能活下去的，因为它行动极为不便，很容易沉入水底，在海洋里只要一停下来就有可能丧生于比自己大的鱼腹。为了生存，鲨鱼只能不停地运动，很多年后，鲨鱼不但没有被同类吃掉，而且由此拥有了强健的体魄，成了同类中最凶猛、生存能力最强的鱼。最后，罗斯说，这个城市就是一个浩瀚的海洋，拥有文凭的人很多，但成功的人很少。你现在就是一条没有鱼鳔的鱼……

看完信后，他有点泄气，罗斯不但不答应借钱给他，还讲了这么个莫名其妙的故事。他还是决定回乡下去。那晚，他躺在床上久久不能入睡，他一直在想着罗斯的信。突然，他改变了决定。第二天，他就跟旅馆的老板说，只要给一碗饭吃，他可以留下来当服务生，一分钱工资都不要。旅馆老板不相信世上有这么便宜的劳动力，很高兴地收留了他。因为他时时想着自己一无所有，是一条没有鱼鳔的鱼，除了不停地向前外，他别无选择。10年后，他拥有了令全美国人羡慕的财富，并且娶了银行家罗斯的女儿，他就是石油大王哈特。

有时阻止我们前进的不是贫穷，而是优越。

鸽子和大雁

有一家大公司，每当有新产品上市，总经理都要令助理去市场上调查了解，是不是有人在仿制自己的产品。当助理回来说，有几家大公司都在仿做自己的产品时，总经理轻松地笑道："不要紧。"

可是，有一天，当助理回来说，有几家小公司正在仿制自己的产品时，总经理不由得大惊失色，赶紧召集几个部门想出解决的办法。

助理不解，问总经理："您不怕那些大公司，倒怕起那些小公司了，这是为什么呢？难道，像我们这样连大公司都不害怕的公司，还对付不了区区几家小公司吗？"

总经理叹了口气，说："你不知道，有时候，看起来强大的，如果不是站在有利的位置，反而是弱小的，而看起来弱小的，只要站对了有利的位置，便变得强大了。"

接着，总经理讲了这么一个故事：有个猎人捕了一只鸽子，紧张地将鸽子关进了笼子，生怕它飞走了。当他捕到一只大雁时，却随手往院子里一丢，并不害怕大雁飞走。这是什么原因呢？难道能够飞越千山万水的大雁，还比不过一只鸽子吗？

原来大雁的体积大，起飞时像飞机一样需要跑道，每次都需要围着上百米的跑道跑上几圈，才能飞上天空。猎人之所以放心地将大雁丢在自家的院子里，而不害怕大雁飞走，是因为院子里没有跑道。而鸽子便不同了，尽管鸽子不能像大雁那样飞越大海高山，但因为鸽子的体积小，异常灵活，不管空间多小，也不管身处何处，随时随地都能够飞起来，所以猎人不得不小心地将它关进笼子。

俗话说，船小好调头。一家大公司要想仿做一样东西，得需要很长时间才能上得了生产线，而一家小公司，则很快便能进入生产线。等到大公司具有了一定的规模之后，市场上又会出现新的产品，而对于小公司来说，只要出现了新的产品，马上又可以进行仿制。所以，那些开发新产品的公司，都不害怕大公司，却总是小心翼翼地躲着那些小公司。正如鸽子和大雁，如果同时将它们丢在猎人的院子里，最先飞走的肯定是鸽子。

相马的秘诀

古时候，京城里有三个相马师。这三个相马师每人都在城里设有一个马铺，他们将自己相好的马都集中在马铺里对外出售。

出售的时候，相马师还需要介绍自己相马的过程，与那些被称作"千里马"的特点。因为只有这样，整个买卖的过程便显得透明了，顾客也会买得更加放心。

第一个相马师是这样介绍的：千里马的特点，首先要看的是马的骨骼是不是粗壮，骨骼粗壮的马，才更有力量，也更能跑。而要看出一匹的骨骼是不是粗壮，除了用手摸以外，便是过秤称。通常的情况下，马的骨骼越粗，马的体重也会越重。一边的顾客们听了，都连连点头，称说得有理。

第二个相马师是这样介绍的：千里马的特点主要在于马的四肢。为什么会有千里马？那是因为千里马会跑，而那些四肢健壮的马，也才更能跑。要想得知哪些马的四肢最健壮，除了目测之外，就是用尺子来量。通常的情况下，千里马的四肢比普通马会粗大许多。一边听的顾客们，也纷纷点头，表示有道理。

第三个相马师却不说话，只卖马。但令人奇怪的是，前两家的马却并不好卖，因为他们的马都不及第三家的马好。很多人在通过实践之后，也都认为，只有第三家的马，才是真正的"千里马"。

于是，有人问第三个相马师的相马秘诀。第三个相马师回答说，没有秘诀。人们都不相信，纷纷追问。第三个相马师坦率地说，他真的没有什么相马的秘诀，既不会看马的骨骼，也不会测马的四肢，干相马这一行比起前两家来说，时间也是最短的，完全就是一个新手。

人们纷纷摇头，表示不理解，一个完全不懂相马的新手，怎么就相得了那么多的好马呢？实在被问得急了，第三个相马师才说："在相马的过程中，我与别人的方法确实有些不同。也不知这算不算秘诀，因为我不懂相马，便只好让所有的马参加比赛，那些跑在前面的马，自然就是好马了。"

一声虎吼的力量

美国著名音乐家鲍勃·达林，在19岁的时候去斯蒂夫音乐俱乐部求职，遭到了现场数名音乐人的阻拦，理由是他们从没见过身体这么虚弱的音乐人，不但气喘，走路似乎一阵风都能被吹倒。

鲍勃·达林生活在纽约最北区的布隆克斯，7岁时得了严重的风湿性心肌炎，医生预言他只能活到15岁。但是他却坚强地挺了过来。

他的父亲遭遇车祸离去后，原本体弱多病的母亲也因过度忧郁而去世。由于多难的家境，穷困潦倒的他不得不去音乐俱乐部唱歌，以便利用微薄的收入来维持生活兼治病。可是，唱歌这碗饭不好吃，尽管他的音乐天赋极高，但每当主考人一看到他体弱多病的样子，便没心情对他面试了。

斯蒂夫音乐俱乐部，是鲍勃·达林在布隆克斯最后一个能去的地方。在此之前，他已经去过了许多地方，没有一个地方肯收留他。

走出斯蒂夫音乐俱乐部的大门时，鲍勃·达林很不甘心，他突然灵机一动，回过身来对着俱乐部大吼了一声。所有的音乐人都以为来了一只老虎，顿时整个音乐厅里一片混乱。当所有人都安静下来后，才发现那声虎吼竟然来自这个年仅19岁的体弱少年——鲍勃·达林。

斯蒂夫音乐俱乐部的老板正好经过音乐厅，于是当场拍板留下了鲍勃·达林。原来，鲍勃·达林从小就爱好音乐，还喜欢去树林模仿各种动物的叫声，他学鸟叫时，便会引来很多鸟儿；他学虎吼时，便会吓走很多动物。一般情况下，他是不会学虎吼的，因为善良的他害怕虎的吼声吓着小动物。可是，在嘈杂的音乐大厅里，没有人听得到他的鸟鸣声，出于无奈，他只能用虎吼声来引起注意。

没想到，这一声虎吼为他带来了好运。他不但得到了老板的赞赏，也得到了许多乐迷的追捧。一年后，他成为音乐界一颗耀眼的新星。

是金子，但还得努力发光，不然就会被沙子永远地埋没了。

金鱼为何没冻死

美国青年菲尔普从小爱好游泳，梦想长大后当一名游泳运动员。可是，他买不起一件游泳衣。他是一个孤儿，而且性格内向。多少个日子，他从孤儿院里跑出来，蹲在马路边望着过往的行人发呆。他不像其他乞丐那样，身边放着一个破碗或者一顶破帽子，所以他一无所获。他认为自己是这个世界上最没用的人，连乞丐都当不好，万念俱灰的他，再也不去想当游泳运动员的事了。

一个严寒的冬季，菲尔普从孤儿院的嬷嬷手里领了面包和牛奶。吃过早餐后，他照例去看金鱼。一些好心人捐赠给孤儿院两个金鱼缸，缸里养着几条美丽的小金鱼。正是因为每天都看金鱼，菲尔普才爱上游泳的。可是，这天他发现，一个鱼缸结了厚厚的冰，鱼被冻死了；另一个鱼缸里却荡漾着清澈的水波，里面的鱼在奋力畅游。

一个嬷嬷见菲尔普站在鱼缸前发呆，便走过来问个究竟。菲尔普将自己的所见告诉嬷嬷，嬷嬷说：“这么冷的天，鱼缸结冰是很正常的事。那个鱼缸没有结冰，是因为里面的鱼在不停地游动。”嬷嬷抚摸着菲尔普的头说：“那些懒惰的鱼，轻易地放弃了努力，注定要被严寒击倒。人也是一样，如果你拥有对生活火一样的热情，还会害怕寒冬吗？"

菲尔普的精神为之一振，嬷嬷的话讲得多好啊！他现在不就是一条生活在金鱼缸里的鱼吗？如果对生活没有热情的话，那么他也会被寒冬冻结起来的。

从此，他不再悲观失望，而是积极进取。他向院长申请，每天由他来清扫院子，于是，他每天得到了一美元的报酬。他还包揽了修剪草坪的活儿，这样他每周又增加了5美元的收入。菲尔普终于用自己的劳动所得，换来了曾经日思夜想的游泳衣。后来，经过不断的努力，菲尔普终于成为美国有名的游泳健将。

每个人都有两张照片

马戏团团长克莱特，一连好几天都在为一群猴子烦恼不已。原因是这样的：因为这些猴子是刚从山上捕获的，由于野性难改，不好驯服，已有好几个驯兽师被这些猴子气坏了。驯兽师纷纷抱怨，那些野猴子实在太难对付了，不如放弃对它们的驯服吧。驯兽师还举实例来说明，他们说的都是实话。

他们曾经用了许多方法来驯服这些野猴子。比如，给它们吃东西，可是它们光吃不干活。如果要它们学骑自行车，或者做些简单的倒立爬竹竿等动作，再或者就是对着观众们乐一乐也行啊，可是它们一见驯兽师的面便躲得远远的。后来驯兽师只得将它们和家猴关在一起，希望家猴能够和它们沟通，引导它们学习表演。可是，那些野猴子竟然将家猴打得遍体鳞伤，家猴们也不敢跟它们呆在一起。

就在克莱特决定听从驯兽师们的建议，放弃对这些野猴的驯服工作时，他突然觉得还是亲自去看一看再下决定的好。经过一段时间的观察后，克莱特竟然有了一个惊人的发现。为了测试出这个发现是否正确，他召集了所有驯兽师来到现场见证。克莱特首先让人将所有驯兽师的仿真照拿出来，仿真照跟真人差不多高，每人都有两张照片，一张面带怒色，一张笑容满面。这些仿真照一拿出来，便在驯兽师中引起了一阵骚动。但是为了看清团长克莱特的真正意图，他们没有吭声，而是静静地站在一边观望。

克莱特首先将驯兽师们那些面带怒色的照片，一张张地拿去跟猴子们见面。结果猴子们一个个吓得连滚带爬地逃走了，有的还试图用爪子去撕碎那张照片。然后，克莱特将驯兽师们那些笑容满面的照片，一张张地拿去跟猴子们见面。结果奇迹出现了，只见那些平时野性难改的猴子，竟然安静了下来，并且还冲那张照片笑了笑，尽管猴子们笑得很难看，但那滑稽的样子还是将在场的所有人都逗乐了。

最后，克莱特团长转向满腹狐疑的驯兽师们，慢慢地说：“你们现在都看到了吧，猴子们需要的是你们真诚的笑脸，而不是你们的满脸怒色。也许你们不明白，我是怎样弄到这些照片的。这些照片是我暗中让人拍下来的，那些满脸怒色的照片是你们在驯猴子时的模样；而那些满面笑容的照片，则是你们从我这里领取薪水时的模样。现在的问题已经十分明确了，如果你怀着领薪水时的心情去工作的话，工作起来就没那么困难了。”

生活中，其实我们每个人都有这样两张照片，当获益时，就满面笑容；当需要自己付出时，便满脸怒色。如果我们以获益时的笑脸去对事业付出努力，那么我们将会收获更多的笑容。

骂人的是屋顶

有一个来自名牌大学的毕业生，在一家大企业谋到了一个他仰慕已久的职位。可是，等上班后，他才知道，自己的顶头上司，不但文凭低，而且能力也低。更可气的是，那个上司还一天到晚对他指手画脚，横挑鼻子竖挑眼。一气之下，他辞职了。

不久，他又找了一份新的工作。这次，他是在完全了解了自己的上司后，才决定去上班的。他的上司不但毕业于名牌大学，业务能力也很强。他想，只有跟着这样一位上司，自己才有出头之日。

上班的第一天，他发现，居然有人敢对他的上司指手画脚，横挑鼻子竖挑眼。后来一打听才知道，原来那人是他上司的上司。让他不能理解的是，他上司的上司不但文凭低，能力更低，而且他的上司在面对这一切时，居然毫不介意。

他在找准机会后，终于将自己的问题跟上司说了。上司没有直接回答他的问题。而是给他讲了一则寓言。寓言的题目叫做《站在屋顶的小山羊与狼》，里面讲了这样一个故事：小山羊站在屋顶上，看见狼从底下走过，便谩骂他，嘲笑他。狼说道："啊，伙计，骂我的不是你，而是你所处的地势。"

他终于点了点头对上司说："我明白了，既然骂人的不是他，而是他所处的地势，那我们也没必要跟他计较了！"上司这才舒心地笑了。

在我们的日常生活中，很多有着像狼一样超强能力的人，却要受无能的羊的欺负，不正是因为羊有"屋顶"这块无人能及的法宝吗？此时，如果你能绕开"屋顶"，便能通往成功之路；如果你不想绕开"屋顶"，偏要将羊从"屋顶"上揪下来，那么"屋顶"很快便能将你压垮。

光环下的鱼

　　史蒂文最近有点烦，原因是公司里的同事个个都过得比他好，他的心里很不平衡。时间一长，他不但精神萎靡不振，而且还寝食难安。妻子琳达劝他去看看医生。医生没有给史蒂文开药，而是让他去野外散散心，将注意力暂时转移到那些能够放松身心的事情上去，比如钓鱼，就是一件能够让他放松身心卸下压力的事情。史蒂文觉得医生的主意不错，便决定去湖边钓鱼。

　　以后，几乎每天他都会在傍晚时分去湖边钓一会儿鱼。可是，每次还没等到夕阳的余晖散尽，他便匆匆回家。琳达不解地问："你就不能多钓一会儿吗？怎么这么快就回来了？难道钓鱼不能够令你放松身心？"

　　史蒂文说："我每次钓的鱼都这么小，实在提不起兴趣再钓下去了。"琳达说："医生并没有说一定要钓大鱼呀。"史蒂文说："不管怎么说，老是钓小鱼，谁也不喜欢干。"琳达说："也许那个湖里并没有大鱼，不如换个地方试试吧。"史蒂文说："不，哈里森每天都能钓到大鱼，哈里森是我的同事，我看到他每天傍晚都在我的对面钓鱼，他钓的鱼就很大，我亲眼看到的。"

　　琳达建议说："不如，明天你提出跟哈里森换地方怎么样？"

史蒂文一拍脑袋说："对呀，我怎么就没想到跟他换地方呢？"

第二天傍晚，史蒂文看到湖对面的哈里森一条接一条地钓到了大鱼，那些鱼在哈里森的钓竿上欢快地挣扎着，在夕阳的余晖里闪着令人兴奋的光芒，而他的桶里尽是些小鱼。于是，史蒂文决定去跟哈里森商量一下，问他愿不愿意跟他换地方试试。

当史蒂文提着桶去找哈里森的时候，半路上遇到了迎面而来的哈里森。哈里森迫不及待地对史蒂文说："史蒂文老兄，我有个请求，我每天都看到你一条一条地往上钓大鱼，每次当我看见那些鱼在夕阳的余晖里闪着令人兴奋的光芒时，我就激动不已。我钓的鱼却都这么小，我想，我们每天换一次地方，这样每个人都有机会钓到大鱼，你看我的想法怎么样？"

史蒂文朝哈里森的桶里一看，原来哈里森钓的鱼跟他的一样大小。

我们每天都在羡慕别人，却没想到别人也在羡慕我们。如果将别人置于光环之下，那么，不管我们的生活怎么幸福，也总觉得不及别人的好。

想走正路的螃蟹

一次，有位记者去山里采访，发现一个男人拿根棍子正在打一个10岁大的男孩，记者赶紧上前询问原因。

原来，男孩是男人的儿子，男人正为男孩不听话而生气呢。男人因为自己从小就没读过什么书，便将希望寄托在儿子身上，他希望儿子能好好读书，将来做一个有用的人。可是，男孩不但不认真读书，还染上了赌博的恶习。男人刚刚从男孩的老师那里了解到，男孩居然还偷了别人的东西！

说着，男人又向男孩挥起了棍子。尽管男孩的腿上、手臂上已经布满了伤痕，但他仍然咬牙没有哭出声来。记者赶紧将男人拦住，对男孩说："你爹妈将你养大不容易，送你读书就更不容易了，你不但不认真读书，还去干坏事，真是太不应该了！你赶快跟你爸爸说，以后再也不赌博，不偷东西了！"

男孩听从了记者的话，对父亲说："爸爸，我以后再也不赌博，不偷东西了！"

谁知男人听了儿子道歉的话，不但没消气，反而更生气了，说："他这已经不是第一次了，每次他都是这样对我说，以后再也不敢了。可是，一转眼又变了，以前还只是赌博，现在居然还学会

偷东西了！今天，我非得将他的腿给打折了，让他以后再也偷不成
东西！"

　　只见男人说话的同时，又拿起棍子准备打男孩。记者再次将男
人拦住，说："不管怎么说，孩子还小，大人总是打人也不对，对孩
子得好好教育才是！"记者又将男孩拉到一边，劝说道："瞧把你爸
气的，你也是个小男子汉了，却这么不懂事，你现在正是长知识的时
候，却不学好，并且还屡教不改，可怪不得你爸爸要打你啊！"

　　谁知男孩还不服气，说："叔叔，我觉得自己挺懂事的，我这
么做也全都是为爸爸好呢！"记者有点生气，心想，这孩子，还真
是个"刺头"，大人好好教育不听，还真得用棍子打才行。于是没
好气地问："难道你去赌博，去偷东西还是为爸爸好？"

　　男孩说："因为，每次我看到爸爸赌输了钱，又去偷别人家
的东西，结果被人发现了又是挨骂，又是遭打的，我就心疼。我就
想，我长大了一定要学会赌博，赢来好多钱，或者去偷来好多东
西，让爸爸再也不必去赌博，不必去偷别人家的东西，也就不必挨
骂遭打了！"原来，那男人就是一个赌徒和惯偷！

　　有一则故事是这样的：一只大蟹对小蟹说："你为什么总是横
着爬，而不直着走呢？"小蟹说："请您亲自教教我吧，究竟怎样
才能走得直，我一定会按照您的样子走路的！"可是，尽管大蟹嘴
里说着让小蟹走直路，自己不知不觉又在横着爬了。

　　故事中的男人与大蟹一样，希望孩子走正路，而自己却陷入
"邪路"不能自拔。在我们的生活中，如果自己不能正直地生活，
正直地走路，又如何去教导别人呢。

向老鼠学习

自从有了人类，便有了人类与老鼠的斗争。人类将老鼠视为敌人，并想尽办法来消灭老鼠，可是，老鼠不但没有被消灭，反而更多了。

第二次世界大战结束后不久，美国选定西太平洋的安捷比岛试验核子武器。岛上的树林、鸟兽和附近的鱼类不是给强烈辐射彻底消灭，就是受到严重伤害。几年后，当科学家冒险登上安捷比岛时，以为在岛上再也找不到任何正常的生物。然而他们估计错了，在岛上生活的老鼠不但没有消失，反而寿命更长了。另外，世界上还有许多动物，尽管人类在精心加以保护，但仍免不了灭顶之灾，但偏偏老鼠却生存了下来，而且已有数亿年历史，至今仍活得十分潇洒。

尽管老鼠对人类的坏处多得数不胜数，但人类不得不承认，老鼠是这个世界上生命力最强大的物种；也尽管人类憎恨老鼠已经到了咬牙切齿的程度，但它们顽强的生存能力依然值得人类研究和学习。经总结可以表现为以下几点：

一、老鼠善于缩小自己。大约在600万年前，老鼠的个头有美洲野牛那么大，据美国《科学》杂志报道，科学家在南美洲发现了重达1545磅的巨鼠化石。老鼠为了躲避食肉动物的追捕才渐渐将身体缩小成现在这么大的，这样便于躲藏。人类不但不会缩小自己，而且自高自大的表现随处可见。

二、老鼠不与人争。老鼠的目的性十分明确，吃好喝好睡好玩好。老鼠总是将窝安在有食物和水源的避光处，吃饱喝足后就三三两两打闹、追逐，饿了或发现有新的美味食物，再结伴聚餐。它们不敛财不攀比，也不与人争吵，不生气，更不打击报复。如果有人将它们的窝捣毁了，就再建一处窝；有人将它们的食物夺走了，就再去寻找新的食物。

三、老鼠不怕吃苦，练就了一身本领。老鼠能穿过比汽水瓶盖子还小的洞，能沿几乎垂直的平面爬行，能在土里打洞，能溯激流逆游2000米远，在水中能踩水3天之久。既能一跃0.9米，也能从13米高处跳下而不伤及自己。除此以外，老鼠还能咬断通了电的电线，对这一切，自诩为十分强大的人类也只能无可奈何了。

四、老鼠的适应能力强。不管是墙旮旯、牲口圈、仓库伙房处，还是下水道、臭水沟、粪便坑，都可以安家。从来不说自己的居住环境不好，面积不够大。它们酸、甜、苦、辣全不怕，五谷杂粮全都吃，不一定非得喝酒吃肉。

鉴于此，我建议，人类有必要向老鼠学习。

是谁毁灭了美好的世界

那是一个美丽的小岛，树木葱茏，鸟语花香。那里的人们或者住在山洞里，或者住在树上，渴了就喝清澈的山泉水，饿了就吃香甜的野果子，生活得无忧无虑。

他们美好的生活引起了魔鬼的不满。于是，魔鬼决定毁掉这个小岛。魔鬼施展法力，顿时狂风大作。很快，树倒洞塌，整个小岛成了一片废墟。魔鬼得意地笑了。这时，神刚好看到了这一幕，于是，冷笑了一声。

见到神一脸不屑的表情，魔鬼怒了，问："你为什么发笑？"神说："因为你的徒劳。"魔鬼质问："我法力无边，怎么会是徒劳？"神说："你过一段时间再来看看吧。"

一段时间之后，小岛又变成了树木葱茏、鸟语花香的美丽世界。魔鬼觉得奇怪，这些树木花草，还有山洞，明明被自己施法毁了，为什么又出现了呢？魔鬼发现，一旁的神正在幸灾乐祸地笑着呢。魔鬼问神："难道你有什么办法将这一切毁掉？"神不语。

神变成了一个人，他在岛上开发了一片地，不久，地上便冒出了一栋栋整齐的楼房。神将一部分房子送给了岛上的掌权者，将另外的房子卖给一部分岛民。神做完这一切后便走了。魔鬼追上去问："你不但不毁了他们的树木和山洞，还给他们建房子，他们的生活不是越来越美好了？"神笑了笑，只是说："过一段时间再来看吧。"

又过了一段时间，魔鬼看到整个岛上都布满了高楼大厦，于是生气地说："看你干的好事，现在他们全都住进了漂亮的楼房，比以前任何时候都要幸福！"

神说："你再仔细看看，原来那个树木葱茏，鸟语花香的世界还存在吗？"魔鬼定了定神，果然见到满眼都是水泥的世界，不时还有狂沙飞舞，或者洪水滔天，突然哈哈大笑了起来："这正是我想要的结果啊。"

接着，魔鬼又问："你不过是建了几栋楼房，毁了一小片树林，那么，整个岛上更多的树林又是谁毁灭的呢？"神微笑不语。魔鬼由衷地赞叹说："你真的是太了不起了。"听到这话，神赶紧解释，说："毁灭这一切的可不是我。我是神，哪里能做这么缺德的事，真正毁灭这一切的，是他们自己。"

怎样将鸡关进笼子

令汤姆烦恼不已的是他的邻居布劳斯太太家的鸡。自从布劳斯太太搬到汤姆家的隔壁，汤姆家花园里的花儿和青草便遭了殃，因为随布劳斯太太一起来的还有一群鸡。不说汤姆每天要上班不在家，就是在家休息时，布劳斯太太家的鸡也会旁若无人地进入他家的园子，去糟蹋他家的花儿和青草。

汤姆已经跟布劳斯太太说过多次了，让她请工匠做一个鸡笼，只有将鸡关进了笼子，他家园子里的花儿和青草就不会遭到鸡的破坏了。布劳斯太太总是说，等她的丈夫有时间了就会亲自做一个鸡笼的。可是转眼过去了好几个月，布劳斯太太依然没有将鸡笼做好。自然，那些鸡也依然在不断地糟蹋着汤姆家的园子。每天，汤姆都会对着上天祈祷一番：请赐给布劳斯太太的丈夫一天时间吧，让他将他们家的鸡笼做好！

突然有一天，汤姆发现，布劳斯太太居然将鸡笼做好了。汤姆跟妻子安娜说，上天终于赐给了布劳斯太太的丈夫时间，将鸡笼做好了。现在他们家的鸡都关进了笼子，自然不会再去糟蹋咱们家园子里的花儿和青草了。

安娜对汤姆说，你说的不对，不是上天赐给了布劳斯太太的丈夫时间，让他做好了鸡笼，而是我让他做的鸡笼。汤姆睁大了双眼问，你是怎么做到的呢？安娜说，我每天早上都会在咱们家的园子里放上几个从市场上买回来的鸡蛋，然后晚上又当着布劳斯太太的面将鸡蛋捡回来。这样过了几天后，布劳斯太太的丈夫便有时间做鸡笼了。

喜欢卖弄的猴子

有个年轻人，在经过多次努力后，终于找到了一份理想的工作。年轻人的专业是电脑软件开发，因为技术好，人又勤劳肯干，很得主管器重，不但工资高，工作环境也好。

一天下班时，当年轻人经过销售部时，突然听到总经理在大发脾气。原来，销售部这个月的业绩又下降了。年轻人突然想起自己在一家单位当科长的叔叔，晚上便求叔叔帮个忙。

刚开始，年轻人被叔叔骂了一顿，后来经不住年轻人一再哀求，他的叔叔决定帮他这一次。但年轻人的叔叔一再表示，这种事只此一次，以后再也不能提相同的要求，因为他做这样的事也是很冒风险的，弄不好职位都保不住。

果然，第二个月的销售业绩，便因为年轻人的原因得到了提升。当总经理得知这个新来的年轻人，居然还有这种本事时，非常高兴，并当着公司所有人的面，给了年轻人高度的赞扬。

一时间，年轻人成了公司里人人讨好的对象，年轻人整天生活在一片恭维与讨好声中，好不得意。

不久，总经理找到了年轻人，先是一顿赞扬，接着便委婉地表达了希望他再帮帮忙的意思。年轻人很得意，当即拍着胸脯，表示一定会尽全力帮忙。可是，当他走出总经理的办公室后，他才想起，他的叔叔曾经跟他说过的话。但话已经说出了口，不帮肯定是不行的，于是，他只好硬着头皮再次找到叔叔，叔叔果然坚决地拒绝了他的要求。

总经理见年轻人好长时间还没有动静，便将他从软件开发部调到了销售部。年轻人不想调动工作，因为他根本就不懂销售，并且也很热爱开发电脑软件这份工作。但总经理却不听他解释，认为他这是不肯"帮忙"。又过了一段时间，总经理又将年轻人升为了销售部主管，并找他谈话，希望他在新的岗位好好工作。

自然，年轻人根本就没办法将销售业绩搞上去，最后，总经理一气之下将他开除了！

相传，在江边的一座山上住着一群猴子。由于那座山上树木繁茂，每年春天过后，满山遍野都长着野果。所以猴子们一直过着不愁温饱、悠然自得的生活。

一天，有位郡王带着随从乘船在江上游玩，当他在江两岸的奇山异峰中发现这座猴山时，感到异常兴奋。郡王令随从在猴山脚下的江边泊船，带领他们下船登山。

猴子们见山上突然多了这么多人，一个个吓得惊慌失措四下逃走，躲进荆棘深处不敢出来了。有一只猴却与众不同，它不但不逃走，反而从容自得地停留在原地，一会儿抓耳挠腮，一会儿手舞足蹈，满不在乎地在郡王面前卖弄着它的灵巧。

郡王拉开弓，用箭射它，猴子却不害怕，郡王射过去的箭都被它敏捷地抓住了。郡王觉得非常有趣，便命令随从一起去追射猴子。面对众人射过去的箭，猴子难以招架，当即被乱箭射死。

智慧的人都懂得藏而不露的道理，只有愚蠢的人才会去卖弄自己那一点点小小的本事，结果却因小失大，弄巧成拙，葬送了自己美好的前程。

狮子不与狐狸斗

1997年10月，亚洲金融风暴突袭香港，有一家时装公司也跟其他许多公司一样，遭遇了倒闭的命运。总经理将员工遣散后，只带着一名助手去另一家公司找了份普通职员的工作。在那家公司里，总经理和助手惊奇地发现，他们的部门主管竟然是他们公司以前的一名普通员工。

当主管认出了总经理和他的助手后，不仅没有给予方便，反而经常给他们小鞋穿。他不但在言语上冷嘲热讽，在工作上也是极尽刁难。每当这时，总经理都会一声不吭，只是笑笑，便忙自己的事去了。

总经理的助手可受不了这个委屈，便在总经理的面前抱怨："他以前不就是咱们公司的一名普通员工嘛，犯得着一得势便不饶人吗？对我这样还无所谓，我真不明白，您以前也是当过总经理的人，怎么就受得了这个气呢！"

总经理没有直接回答助手的问题，而是给他讲了一则寓言故事。自从狮子被关进铁笼后，狐狸便一改往日恭敬的态度，向狮子破口大骂起来。但是狮子却毫不生气，这是为什么呢？因为狮子明白，让狐狸如此嚣张的，不是狮子，而是困住狮子的铁笼。

最后，总经理说："我们现在要做的，并不是跟狐狸斗气，而是要想办法突破铁笼。现在围住我们的铁笼便是金融风暴，而突破铁笼的办法就是不断地学习别人的先进技术！"

从此，助手不但再也没有在总经理的面前抱怨，而且还安心跟着总经理，在别人的公司里默默地工作、学习。十年后，他们终于东山再起。这位总经理就是香港"马天奴"时装集团总裁、亿万富豪黄敏杰先生。

现在，黄敏杰仍会经常跟助手提起当年那段被困铁笼的岁月，他说："如果当年我们在铁笼里忍受不了别人的蔑视，将精力都拿来跟别人斗气，而不是用在潜心学习上，又哪有今天的日子？"

是的，人在职场，谁都有可能遇到不如意，一旦落入事业低谷，总不免遭到小人冷眼相看，这些小人就好比狐狸。这时，如果你选择与他们斗气，那么你便选择了沉沦；如果你坚信自己是狮子，选择了忍让，而把有限的精力投入到事业中去，那么你仍然有再造辉煌的机会。

成功就像孵小鸡

一个自称世界上最失败的年轻人，因不敢面对失败，便躲在奶奶的养殖场里睡起了大觉。奶奶问："孩子，你怎么会认为自己是这个世界上最失败的人呢？"

年轻人说："因为我做过很多事情，可是都失败了！"奶奶又问："你究竟做过些什么事情？"年轻人说："我先后做过报童、商场里的推销员、面包店里的伙计，还学过缝纫、烹饪、写作……可是没一样成功的！"

奶奶接着问："那么，你今年多大了？"年轻人不解地问："奶奶，难道您忘记我是哪年出生的了吗？"奶奶说："不，我没有忘记，我只是希望你自己说出来。"年轻人说："我今年已经18岁了啊！"

奶奶笑了，说："孩子，你跟我来，我教你孵小鸡吧。"年轻人想了想，觉得自己虽然干过不少事情，但还没学过怎样孵小鸡，便答应了。

年轻人在温室里只呆了半天，便问了奶奶好几回："小鸡怎么还没孵出来呢？"奶奶耐心地安慰他，说："孵小鸡得有足够的温度。"年轻人趁奶奶不注意，一下子将控温器加到了100摄氏度，结果鸡蛋很快就烤熟了！

　　寻着烤鸡蛋的香味赶来的奶奶，一下子惊呆了。年轻人知道自己闯祸了，见状也吓得不行。他见奶奶一边摇头，一边惋惜地将鸡蛋往垃圾筒里倒，赶紧说："奶奶，对不起，都是我不好，我只是想尽快让鸡蛋孵出小鸡来，没想到……"

　　这时，奶奶说："孩子，不管干什么事情，光靠一时的热情是不行的，就像孵小鸡一样，一时的高温只能将鸡蛋烤熟，只有持续而恒定的温度才能使鸡蛋变成小鸡啊！"

　　这个年轻人的名字叫迈克尔·彭博，他正是从奶奶教自己孵小鸡这件事上，学到了这个成功的秘诀，并且将这个秘诀用在了自己的事业上。在他几十年如一日的坚持下，2009年，他以160亿美元个人资产，获得《福布斯全球富豪榜》排名第17位的好成绩。这个秘诀就是——坚持！

做一只不顺从的蝴蝶

他生于17世纪爱尔兰一个有权有势的大公爵之家。在这个权贵之家，唯有他不想成为达官贵人。父亲将他带到一处旷野，指着漫天飞舞的纸片说："你看到没有，这个时代已经刮起了一股风，任何东西都得随风而走，在这股风中，个人的力量是很渺小的，我看你还是跟你的哥哥们一样，去政府谋个一官半职吧！"

他说："可是，爸爸，我发现，空中有一只小蝴蝶，尽管它是那么弱小，可它为什么就不跟风一起飞呢？"他的父亲看到，空中还真有一只蝴蝶正在逆风飞翔，尽管风将它的翅膀吹得歪歪斜斜，但它始终在向着自己的方向飞翔。于是，他的父亲叹了口气说："孩子，你是一个有着自己独立思想的人，只是，今后你会为此付出很多，既然你想当一只不顺从的蝴蝶，那么我答应你的选择！"他的父亲只好送他去英格兰读书。

可是，在学习期间，却没有哪个老师喜欢他。主要原因是他不但"笨"，而且还不听话，很多在别人眼里再简单不过的事情，他也要向老师问个不停，并且，还老是怀疑老师给出的答案。很多次，老师讲课时，因为他的怀疑，而不得不停下来耐心地跟他解释。

有一次，老师讲到黄色混入蓝色即变绿色时，他睁着一双疑惑的大眼睛，问："您说的是真的吗？"老师说："这是谁都知道的道理！"他再问："那您有没有亲自做过试验呢？"老师很不耐烦地说："如果你不相信，那你就去做试验好了！"

谁知道，他还真的去试验室，取了黄色和蓝色两种色料，并将它们混在了一起，结果绿色出现了。这时，老师得意地望了望全班同学，然后对着他做了个鬼脸，全班同学顿时哄笑了起来。只有他不笑，他还是疑惑地瞪着那盆绿色的颜料发呆。老师问他："这下你应该明白我说的话是对的了吧？"他点了点头后，又摇了摇头说："这次，您说的确实是对的，但不能证明您说的话永远是对的！"老师瞪着双眼狠狠地对他说："你，真是一个不听话的家伙，这样下去，你一定会吃亏的！"

还有一次，老师说："空气和氢气在一定比例下，遇到火花会爆炸。"他当即问道："您说的是真的吗？"老师说："难道你没看到吗，你现在学的化学书上就是这么说的。"他瞪大眼睛说："可是，我没有亲眼见到，还是有点不相信！"老师说："你该不会又要亲自做一下实验吧？"他说："是的，我正是这样想的。"老师的脸变色了，说："这可不是闹着玩的，弄不好你会受伤的。"可是他固执得很，说："难道仅仅因为怕受伤，就放过这个不知是对还是错的答案了？"

那次的实验，不但将他的眉毛全烧光了，还差点毁了他的眼睛。这样的事情于他不下千次。可他从来就没有退却过。有一次，他决定做一个试验，他想，如果将盐酸滴到紫罗兰花瓣上，不知是个什么结果。老师连想都没想就对他说："这个试验将没有任何意义，因为结果我早就从教科书上得到了，盐酸对紫罗兰花瓣不起任何作用！"

但固执的他还是坚持做了这个试验。他把一滴盐酸洒到紫罗兰花瓣上后，不一会儿，花瓣竟由紫变红了。这个结果不但使他很惊奇，也使他的老师很惊奇。他又用其他各种酸性溶液做同样的试验，结果紫罗兰同样都由紫色变成了红色。

这一发现使他大为兴奋，后来，他又用碱做试验，发现碱也能使紫罗兰改变颜色。就这样，他发明了鉴别酸与碱的指示剂——石蕊试纸，为科学研究工作带来了很大的方便。他就是伟大的科学家——波义耳。波义耳还根据实验阐明了气压升降的原理，并发现了气体的体积随压强而改变的规律，后来在物理学中被称为"波义耳定律"。

波义耳常常跟自己的学生们说起，自己小时候看到的那只逆风飞翔的蝴蝶。他说，风儿可以吹飞一张大纸，以及更多更重的东西，却无法吹跑一只弱小的蝴蝶，因为生命的力量是不顺从。也正是因为不顺从，才让生命有了力量!

每个人都是"呱呱叫"的角色

1901年12月5日，一个叫华特的男孩在芝加哥出生了。可是，由于家境贫困，小华特的出生，并未给他的父母带来多少快乐。

为了生计，华特的父亲总是早出晚归地忙碌，华特的母亲既要照顾孩子、照看家，还要抽时间外出给别人家当钟点工。

小华特终于长大了，他能去学校读书了。但读书的同时，他还得在父亲的要求下兼职打工。由于对绘画的爱好，更为了承担起养家的重任，华特高中毕业后，便没再上学，而是决定去找一份与绘画有关的工作。并且，他还立志要当画家。

现实却不容乐观，华特在第一家绘画广告设计公司只呆了一个月，便被解雇了，原因是公司认为他根本就没有绘画的才能。

没有工作就意味着没有饭吃，没有饭吃就得饿死街头。为了生活，华特决定先去找份工作，一份能吃饱饭的工作就行。他先后干过建筑工人、餐厅服务生、啤酒推销员等工作，但那些老板都嫌他太笨，没干多久就将他解雇了。

尽管生活得很不如意，但华特从没放弃对绘画的爱好。每天无论多忙，多累，他都会抽时间看一会儿绘画的书籍，或画一幅画。当一个朋友说，他开了家绘画广告公司，想邀请他加盟时，华特高兴极了。但是，命运并未就此眷顾他，尽管他们将如火的热情全都投入了工作，没过多久，公司因为种种原因还是倒闭了。

万念俱灰的华特带着一颗受伤的心，回到了家乡，回到了他童年时曾居住过的地方。那段日子里，面对穷山恶水，贫瘠的土地上，整天吵闹不休的牛、羊、狗、猫、鸡、鸭，他一遍遍地问自己，莫非我此生注定一事无成？注定要清贫一生地终老于此？

一天，当几只鸭子被猫、狗，甚至是鸡、羊，追得无路可逃时，鸭子突然钻进了池塘。只见它们在池塘里扎了几个猛子后，一只只站在了池塘中间的一个"孤岛"上，并得意地"呱呱"叫了起来。华特突然觉得，那些鸭子的叫声是如此的悦耳动听，鸭子的形象是如此的滑稽可笑。顿时，他的脑中灵光一闪，赶紧拿来纸笔，只一会儿，画纸上便出现了一只鲜活的鸭子。

这就是最初的"唐老鸭"形象。后来，华特还给唐老鸭配了一个名叫"米老鼠"的搭档，将它们制作成动漫后成功地推向了市场，并一举成名。他就是华特·迪士尼。

华特·迪士尼的故事，让我们感悟到：生活是一场戏，每个人都是一个角色。如果角色不成功，那一定是没有找到属于自己的舞台。只要拥有适当的舞台，哪怕是一只丑小鸭，也是一个"呱呱叫"的角色。

被野兔推倒的高墙

　　鄂温克人分布于大兴安岭西侧，呼伦贝尔草原东南部。他们不盖房子，所有人都住在山林里。如果去那里旅游，于深山密林中突然发现一块空地，那就是鄂温克人的居所。每人用树枝在地上画一个圆圈，那便是他们的家。他们以狩猎、采集为生，崇尚天人合一，与自然和谐共处。

　　鄂温克人将采集的山果或者捕回的猎物，堆放在自己用树枝画出的圆圈里，然后又放心地再去采集或者捕猎。有一位旅人问一个鄂温克人：你们既没有建房也不用上锁，甚至连用树枝围一个篱笆也没有，难道你们就不怕自己辛苦得来的食物被人偷走？那个鄂温克人笑了：自我们的祖先至今，千百年来，还从没发现有谁偷过东西，也没发现有谁丢过东西，既然这样，我们还担心什么？

　　那个旅人不相信，世界上居然还有这么一群道德高尚的人，还有这么一个没有被物欲污染的世外桃源。于是，他决定试一试。他趁人不备，从那个鄂温克人的食物堆里拿起一只野兔，悄悄地放进了别人的食物堆里。

　　一年后，旅人故地重游。结果，他发现那块空地不见了，空地上的食物堆也不见了。取而代之的是一个个用石头垒成的房子，房子里堆满了食物，并且还上了锁。旅人找到当年那个鄂温克人，他也拥有了自己的石头房子。旅人不解地问：才一年时间，这里的变化怎么这么大啊？你们不是不喜欢住房子，也不怕自己的东西被人家偷去吗？怎么现在家家都建了房子，并且还上了锁！

那个鄂温克人说：其实我们并不喜欢住在这些石头房子里，可是，没办法，因为我们终于发现了小偷，那人居然将我捕回来的野兔拿去放在了他的食物堆里！

看来，这个世界上本就没有真正的世外桃源。旅人长叹一声，摇了摇头，失望地走了。那座坚守了千年的道德之墙，竟然被一只野兔轻易地推倒了。

不被吃掉的秘诀

在许多中小企业纷纷倒闭的时候，有一家民营企业，虽历经30年风雨，却依然青春焕发、生机盎然，被人誉为中小企业的"常青树"。这家企业，究竟有何不倒的秘诀？人们纷纷前来取经。企业家倒是慷慨得很，说："我的秘诀就是不断地更新。"

众人听得有些糊涂，于是再问："更新，怎么个更新法？"企业家说："其实很简单，就是每将一个项目做到最好时，马上撤掉，再换一个新的项目上去。"有人说："既然好不容易将一个项目做到了最好，那就是应该想办法守住才对呀，为何要撤掉呢？"

企业家说："当一个项目已经做到了最好，那么接下来它就会进入一个冬眠期，也就是我们通常所说的走下坡路，这个时候，就是想守也是守不住的，不如另找项目，再做打算。很多人，就是因为舍不得将一个已经做到最好的项目丢掉，而选择坚守，结果最终让企业走向了灭亡。"

为了便于大家明白这个道理，企业家又给大家讲了一个故事："俗话说，蛇鼠一窝，蛇吃鼠半年，鼠也会吃蛇半年。每年农历的三月至九月，是蛇最活跃的半年时间，所以也是蛇吃老鼠的时候。而另外半年，因为蛇要冬眠，所以老鼠又开始吃蛇了。既然大家都住在一个洞穴里，又是相互以对方为食，按照这个逻辑，如果不是蛇将老鼠吃光，就是老鼠将蛇吃光。可是，为什么它们都没有被对方吃光呢？"

众人不明其意，纷纷摇头。企业家接着说："事情其实很简单，那就是有一部分老鼠和蛇新挖了洞穴，让对方找不到自己，所以延续了种群。大多数老鼠和蛇，只知道居住在对方的洞穴里，以对方为食的道理，可是却只有少部分的老鼠与蛇，才会在食物最丰盛的时候，去为自己掘一个崭新的洞穴，最终避免了被别人吃掉的命运。"

最后，企业家说："其实，我们做企业与蛇鼠的故事是一个道理，大家都在争抢一个市场，难免不争个你死我活，但是总有一部分人，在那里不断地进行更新，所以才让市场得以继续繁荣下去。"

听到这里，众人才猛然惊醒，原来这才是秘诀之所在啊。

第五章 /

长颈鹿与鹅卵石

万年不变的秘密

　　鸸鹋又名澳洲鸵鸟，是澳大利亚的国鸟，也是世界上最古老的鸟种之一。鸸鹋形似鸵鸟而体型较小，高约1.5米；嘴短而扁，羽毛灰色或褐色；有翅膀，但不能飞翔，足三趾，腿长善走；产于澳洲森林中是仅次于鸵鸟的最大鸟，栖息于开阔的森林与平原。

　　许多和鸸鹋一样的古老物种，随着时间的推移，气候的变迁，早已改头换面，或者已经绝迹。而鸸鹋却是它们中的另类。鸸鹋的特别之处在于，经过数十万年的地质和气候变迁，仍无法改变它们最初形成的原始形态。这种神奇的适应能力，在自然界的进化史中极为罕见。因此，在澳大利亚，鸸鹋被喻为立场和意志最坚定的鸟。

　　美国的一家电视台的自然节目，在经过长期跟踪后，终于拍摄到了关于鸸鹋的许多珍贵镜头。在水草丰美的雨季，许多动物会强迫自己进食，将自己的身体养肥后，再准备过冬。而在遇到寒冷干旱等恶劣气候时，许多动物要么选择迁徙，要么选择改变自己的生活习性，或者改变自己身体的结构，比如让自己长出翅膀飞起来，比如强迫自己进入冬眠状态来减少进食，但鸸鹋却不是这样做的，它从不轻易改变自己。不管外界发生了怎样的变化，它却能始终坚持自己最初的形态。

在食物丰盈的日子，鸸鹋不贪婪，不多占；在食物缺乏的季节，鸸鹋也不紧张，不逃避。从不挑食的鸸鹋，总是以"粗茶淡饭"来喂饱自己。肥美的水草当前，它能嚼草根；食物缺乏的时候，它也能吃树皮。这就是鸸鹋万年不变的秘密！

剑鱼的弱点

剑鱼体长可达5米，重400公斤。由于它的长颌延长，呈剑状突出，因而得名。它的"剑"异常锋利，犹如长尾鲨的尾巴一样。剑鱼是一种生性凶猛的鱼类，它游速极快，最高时速可达100多公里。

1948年的一天，英国的"列波里特号"军舰，在离开英国利物浦港口600海里的海面高速航行时，突然听到"嘭"的一声，军舰的铁甲板被击穿了一个洞，随后海水涌进了舰舱。人们以为遭到了伏击，舰长下达命令，准备战斗，船上的气氛立即紧张起来。修补窟窿的几个士兵发现，这个窟窿既不像水雷炸的，也不像鱼雷击的，更不像机关枪之类的武器射的，又找不到弹头弹片，这是怎么回事呢？就在这时，只见海面闪过一道白色的浪花，军舰的甲板又随着"嘭"的一声，被撞击出了一个窟窿，有经验的舰长，立即下达停舰布网的命令。

经过一番忙碌后再起网一看，原来是一条剑鱼。剑鱼居然用自己的"剑"，将铁甲板击穿了。

当然，它那像带子一样的身体和发达的肌肉，能像箭一样游泳击水，这就是它能击穿铁甲板的力量来源。有人比喻剑鱼的游速跟来复枪射出的子弹差不多，其效果和射出的子弹一样厉害。这样形容并不过分。

　　但是，就是这样一种闻之令人胆寒的鱼类，也有它的弱点，如果剑鱼的利剑刺进木船，往往很难拔出来，此时的剑鱼要使自己恢复自由，除非将"剑"折断。所以，很多船只在经过剑鱼常出没的地方时，都会在船只的周围套上一层木板，这样哪怕是遭遇了剑鱼的袭击也不至于有危险。

　　剑鱼的弱点在于它不会掩饰自己，不管在何时何地都是一往无前、光芒四射的性格，因此让人们找到了制胜它的法宝，那就是以柔克刚。

来自怒火的伤害

在南印度洋里生活着一种鱼，因为它们有喷火的功能，所以叫做喷火鱼。

喷火鱼一般体长20厘米，重约2公斤，在鱼类中属于弱势群体。它们的体型小、体重轻，既没有锋利的牙齿，也没有盔甲和毒液，但它们也不是那么好欺负的，因为它们还有一种特殊的武器，那就是喷火。

在遭受危险时，喷火鱼便会张嘴喷出一种含有磷的液体，这种液体与氧气结合，立即产生化学反应燃烧起来，变成一团火球，扑向袭击者。由于大陆岩石风化后，产生了许多磷酸盐溶液，它经河流搬运入海。此外，海底火山喷发也会"吐"出大量的磷，它们被海洋浮游生物所吸收，这些生物死后，沉入海洋深处，同时不断分解生成磷酸盐，当磷酸盐被上升的海洋流带入浅海地区时，由于水温升高、压力降低，磷酸盐的溶解度便降低，于是它就在海底沉淀下来，形成一种叫磷块岩的矿石，这些矿石为喷火鱼提供了丰富的磷资源。

因为喷火鱼有这种特殊的武器，在弱肉强食的大海里，喷火鱼总能一次次化险为夷，让自己的生命得以延续下来。不说一般的猎食鱼类，就连凶残的鲨鱼遇到喷火鱼都会退避三舍。

其实，喷火鱼喷出的那团火并没有多大的威力，只要不是紧紧地贴着喷火鱼的嘴巴，就不会被灼伤，因为那团火一喷出来，就会被海水吞没。与其说那些猎食鱼类是被火烧走的，还不如说是被那团火吓走的。

另外，喷火鱼也很清楚，自己喷出的火球力量实际非常有限，但在面对因害怕那团火而逃之夭夭的强敌时，喷火鱼又不免得意忘形。但是，当喷火鱼遇到海鳝时，它所喷出的火团就不起任何作用了。因为海鳝非常了解喷火鱼那团火的实际作用，它不会像其他动物那样，一遇火便惊慌失措、逃之夭夭，当喷火鱼不断地向海鳝喷火时，它只需稍作躲闪即可。当喷火鱼停止喷火时，它又会冲上前去进行挑逗，等喷火鱼喷出的火团将它自己烧得晕头转向的时候，海鳝便会过来捡个大便宜。

其实，在面对海鳝的挑逗时，喷火鱼只要不去理会，心平气和地去做自己的事，就不会有任何危险。它想，我连凶残的鲨鱼都不怕，难道还怕了你一条小小的海鳝不成，于是，海鳝越是挑逗，喷火鱼便越气愤，喷火鱼越气愤，它所喷出的火团也就越大。最终，它没有将海鳝烧着，却将自己烧得面目全非。

生活中，其实很多人都知道，怒火对自己有害无益，但又总是免不了要发怒发火。常常一不小心便让怒火失去了控制，结果是，没有烧着别人，却伤着了自己。

别跟自己过不去

如果你在野外行走，突然遇到一头熊，最好的办法就是爬树，如果爬树来不及了，就倒在地上装死。因为熊的身体笨重，是不会爬树的，还因为熊只吃活食，对已经死去的动物不感兴趣，所以这两种方法都能让你成功地逃生。

但是，如果你遇上的是美洲黑熊，那么，以上两种方法就不奏效了。尽管美洲黑熊看起来跟别的熊差不多，习性却相差很远。它不但有着十分高强的爬树本领，还吃腐肉。美国《国家地理》杂志，就曾经介绍过美洲黑熊的多起伤人事件。其中有探险者，也有科学家，因为对美洲黑熊不了解，初遇时也是采用爬树或者装死的方法来逃生，结果付出了生命的代价。

成年美洲黑熊体形大而粗圆，体长可达2米，体重300公斤。头宽阔，眼小，耳短圆，颈短，背部与肩部处在同一水平面上，四肢粗壮，前足足垫大而裸露。体毛粗糙而长。全身黑色，仅吻鼻黄褐色，胸部有白色"V"字型斑纹。

美洲黑熊一般出没于针叶林、阔叶林及沼泽地等环境中。它独居、善爬树和游水，视力差。巢域范围约120平方公里。冬眠时居于山洞、石缝或树洞。它的饮食结构呈杂食性，食物包括昆虫、蜂蜜、鹿、鼠、野兔、鱼以及野果等。

美洲黑熊一掌可以拍死一头成年野鹿，就连狮子、老虎见到它都要绕道而行。所以，一旦与人类相遇，而且还是对它不了解的人，就很难有生还的机会。

但也不是完全没有对付美洲黑熊的办法。有一位对美洲黑熊研究了十多年的科学家，就曾经独自成功地制服了一头成年美洲黑熊。科学家利用美洲黑熊好斗和视力差以及喜欢独居的弱点，特制了一面镜子，当他与黑熊相遇时，便利用镜子的反光将黑熊的影子投射到树上。黑熊只知道有东西上了树，却不知道那是它自己的影子。当它奋力爬上树枝时，却发现什么也没有，可是当它从树上跳下来，科学家又将它的影子投射到了树上。黑熊见又有东西爬上了树，赶紧跟着往树上爬，就这样，黑熊因为对自己的影子穷追不舍，最后累得趴在地上无法动弹。

在我们的现实人生中，也有着跟美洲黑熊一样爱跟别人较劲的人，工作上较劲，生活上也较劲，不但将别人弄得伤痕累累，也让自己活得不轻松。跟别人较劲、跟别人过不去还好说，能赢则赢，如果赢不了，实在过不去时还可以躲开、绕着走；如果人一旦跟自己较上了劲，想躲又躲不开，想跑也跑不脱，既累心又费神，就像掉进了一个深不见底的泥潭而不能自拔，所以，人生中最可怕的就是跟自己过不去。

另一种境界

　　从不认输，常被视为坚强和值得钦佩的人格品质。羚牛便有着这样一种从不认输的品质。羚牛是一种大型食草动物。外形似牛，机体结实又介于山羊和羚羊之间，故称羚牛。

　　羚牛有着粗大的角，角尖光滑，从头顶先弯向两侧，然后向后上方扭转，角尖向内。体形粗大，四肢粗壮，体长约1.8米，成年羚牛可达到2米以上。体重约300公斤，尾较短，吻鼻部高而弯起，似羊。

　　羚牛和山羊一样，凡是能够到达它们宽阔嘴边的植物，几乎都吃，它的食料至少有100多种植物。凭借强壮的躯体和力气，羚牛可以随时赶走前来争食的毛冠鹿、麝、鬣羚和其他有蹄动物。因此，没有什么自然天敌。

　　别看羚牛驱体臃肿，在行进时弓腰驼背，步态蹒跚，可是在需要时却能跃过近3米高的枝头，或者用前腿、胸膛去对付一根挡在前进道路上的树干，使之弯曲直至折断。据科学家测定，羚牛能用这种方法，轻而易举地推弯或折断直径为12厘米的树干。

　　羚牛喜欢群居，一群少则10头，多则上百头，所以格斗时有发生。它们总是以不灵活的步履蹒跚而上，口鼻部几乎低垂在两腿之间，双角直接向对方冲击，并发出嗥叫声。其实羚牛生性憨厚，对同类一般是不设防的，不像狐狸、猕猴等心思细腻，狡猾多疑。就是争斗时，只要一方有认输的意思，另一方也不会纠缠不放。

可怕的就是那些拒不认输者，倘若双方都不肯认输，各不相让，接踵而来的角击便更为激烈，常常会弄得双方头角落地，鲜血直流，轻则重伤，重则死于非命。

据科学家统计，每年死于角斗的羚牛，大大多于死于自然灾害或者天敌的侵袭。这也正是羚牛数量日益减少的原因。

在人生中，从不认输，确实是一种坚强的表现，但有时候适当认输，却是一种智慧。比如同事之间，家人之间，上司与下属之间，邻里之间也存在争论，甚至说争吵。其中许多争吵都是毫无意义的，完全是因为赌气。在这个时候，从不认输，好胜斗狠肯定是不行的，最终的结果也只能是两败俱伤。而如果有一方能够及时认输，另一方也会立即罢休，既保全是别人也保全了自己。俗话说，吵架需要两个人，而停止吵架则只需要一个人退出就行了。说的也就是这种遇事能够及时认输的境界。

相互学习

　　在炎热的六月的一天，夜幕即将来临。东非科摩罗群岛上的一位非洲司机帕乌利诺，驱车沿着三比西河岸边的小道行驶，这条河的拐弯处是通向海洋的出口。天很热，帕乌利诺想洗个澡，就把汽车停在河边。外衣一脱，他就跳进了河里。怪事就在此时发生了：河水开始汹涌起来。他有点害怕，就回到岸上。他居高临下，一眼就望见有十多条鳄鱼像小船一般并排游着，而迎着鳄鱼游来的竟是几条形似利刀的鲨鱼。它们越游越近，最后竟然爆发了一场战斗！

　　总共有十几条鳄鱼和数条鲨鱼参加了这场大战。那惊心动魄的场面让观者害怕：两眼发红的鲨鱼，用嘴死死咬住鳄鱼的肋部。那些鳄鱼则回过头来张开大嘴，企图一口咬住鲨鱼的身体和双鳍。正当一条大鲨鱼张开嘴时，就被一条鳄鱼咬住了下颚，这时，那条鲨鱼顾不得疼痛，用露出两排锋利的锯齿形牙齿的上颚反咬鳄鱼的大嘴，很快，在水中就泛起了一股股殷红的泡沫。河水也被这场大厮杀撑得像沸腾了似的……后来，这些海洋霸王和淡水霸主都钻到河水的深处，不久，河里又恢复了平静。

　　鲨鳄大战虽然罕见，可是却在这里发生了。因为，这两种凶猛动物分布区的边界是相互接壤的。生活在印度洋中的鲨鱼，游到科摩罗群岛三比西河的入海口中时，就侵入了鳄鱼的领地。对于入侵者，除了战斗，没有其他办法。

但是，令人惊奇的是，有人发现，每年的六月，鲨鱼和鳄鱼都会在这里发生一场激烈的争斗，原来鲨鳄之战在这里已经延续了许多年。它们争斗的原因竟然不再是为了食物，而是为了相互学习。科研人员还发现，生活在这里的鲨鱼和鳄鱼，比世界上其他任何地方的鲨鱼和鳄鱼都要强壮和凶猛。毫无疑问，鲨鱼和鳄鱼都是极其凶猛的动物，也是势均力敌的水中霸主，由于一心想占胜对手，它们不得不将自己变得更加强大，它们就是在这种争斗中，相互学习、相互成长的。

棕熊的气量

　　棕熊生活在美国阿拉斯加科迪亚克岛上，它是世界上最大的食肉动物。它的体重一般为500公斤，身高4米，最大的可达700公斤。棕熊的主要食物有各种昆虫和蜂蜜、鱼类、鸟类和野兔、土拨鼠等兽类，也对鹿、野牛、野猪等大型动物发动攻击。它的体形较大，力量也很大，在山林中很少有动物抵得过它。棕熊走路缓慢，但跑起来却很快，很多动物以为它很笨，结果往往被它突然咬住而丢了性命。

　　但棕熊也有它的缺点，就是容易发怒。比如树上的猴子摘野果时不小心掉下一颗正好打在了棕熊的头上，它便咆哮着要找猴子打架。结果机灵的猴子几个跳跃便跑得无影无踪了，而它还抱着那棵树不停地撕咬着，甚至咬得牙齿脱落、满嘴流血也不罢休。

　　狐狸是森林中最狡猾的动物，它常爱捉弄像棕熊这样体形庞大而气量极小的动物。狐狸喜欢躲在浓密的树叶中，专等棕熊笨重的身影出现，它便用树上的果子砸向棕熊。棕熊果然咆哮着向狐狸呆的那棵树扑去，就在棕熊张开血盆大口撕咬那棵树的时候，狐狸又灵巧地跳到了另一棵树上，继续用野果向棕熊砸去。棕熊又跟着跑到另一棵树下开始撕咬起来，直到累得筋疲力尽。

　　一只小小的猴子，一只体重不足20公斤的狐狸，和一颗轻飘飘的野果，原本就对棕熊这种体形庞大的动物构不成任何威胁。可棕熊一定要与它计较，结果因此而受伤。生活中很多人也像棕熊一样喜欢与他人计较，结果被小事牵引，整天烦恼不堪。同事的一句闲话，上司的一个脸色，或者是一辆没有赶上的公交车……这些都是那颗从树上突然掉下来的野果子，如果你不去理会，毫不介意，野果还是野果，你还是你，互不相干。但是你理会了，便会引来重重烦恼，将自己弄得心力交瘁，将原本美好的生活搅得一塌糊涂。

失败的贼鸥

在众多的鸟类中，有一种海鸟名叫贼鸥。听其名，就知道它不是什么好东西，有人把它称为空中强盗，一点也不过分。尽管它的长相并不难看，褐色洁净的羽毛，黑得发亮的粗喙，目光炯炯有神，但因其惯于偷盗，所以令人厌恶。

贼鸥的偷盗对象除了空中的飞鸟，还有企鹅。在企鹅的繁殖季节，常会遭到贼鸥的袭击，或叼食企鹅的蛋，或抢走雏企鹅。它们通常两只一起合作，一只贼鸥负责引开成年企鹅，另一只贼鸥则趁机钻进企鹅的巢穴。

贼鸥好吃懒做，喜欢不劳而获。它从不自己捕食，也不垒窝筑巢，而是采取霸道的方式，从别的鸟口中抢夺食物，一旦填饱肚皮，就蹲伏不动，消磨时光。

懒惰成性的贼鸥，对食物的选择并不严格，不管好坏，只要能填饱肚子就可以了。除鱼、虾等海洋生物外，鸟蛋、幼鸟、海豹的尸体和鸟兽的粪便等都是它的食物。考察队员丢弃的剩余饭菜和垃圾也可以成为它的食物。在饥饿之时，贼鸥甚至钻进考察站的食品库，像老鼠一样，吃饱喝足，临走时再捞上一把。

其实要想当贼鸥也不是那么容易的事。它们得有比其他鸟类更强的飞行能力，能够在空中轻而易举地追上其他鸟类，并从其口中抢走食物。有时，为了成功地偷到食物，它们会耐心地潜伏在草丛中等待数小时，甚至更长时间。它们一出生就需锻炼这些本领，不然长大后就得饿死。

就算是一只十分成功的贼鸥，也不能保证自己天天能够吃饱肚子。据科学家研究了解到，学会筑巢与捕食所花费的精力，还不到学会偷盗食物抢占他鸟巢穴精力的十分之一。而且，自己筑巢与捕食，住好、吃饱的机会也更多。

其实，在人类中，也有着像贼鸥一样习性者，他们为了能够享受不劳而获的果实，也会勤练偷盗"本领"，不辞辛劳，甚至挖空心思想出来的点子，就是怎样抢占他人的劳动成果。但却不明白，如果他们将那些本领和智慧都用在正道上，收获到的何止是那偷来的区区小利？

弱者的力量

　　狮子发现自己的洞边上住着一群黄蜂,黄蜂每天旁若无人地在狮子的领地飞进飞出。狮子觉得,自己作为百兽之王,整天跟一群这样的小家伙生活在一起,实在没有面子,便强烈要求大黄蜂搬走,不然就要给它们一点颜色看看。

　　黄蜂对于狮子的忠告,全没放在心上,依然每天自由自在地在狮子的领地穿行。终于,狮子发怒了,狮子一头撞向了黄蜂窝。黄蜂毫不示弱地向狮子扑去,并紧紧地叮在了狮子的身上。狮子痛得撒腿就跑,可是,怎么也甩不脱黄蜂,最终把自己给累死了。

　　一天,黄蜂发现自己的窝边住着一群蚂蚁,黄蜂无法容忍这些小东西生活在自己的眼皮底下。于是,强烈要求蚂蚁搬家。可是,蚂蚁根本就不把黄蜂放在眼里,依然自由自在地生活在黄蜂的窝边。

　　终于,黄蜂发怒了,黄蜂一头撞向了蚂蚁窝。顿时,蚂蚁纷纷出动,并紧紧地将黄蜂围住了,黄蜂动弹不得,最后成了蚂蚁的食物。

　　遇强不怕,是勇气;遇弱就欺,是愚昧。要知道,既然作为弱者的你能够战胜强者,那么,那些更加弱小者,也能战胜你!

把握心中的方向

在斯瓦尔巴德群岛上，生活着数万头驯鹿。驯鹿的身高在1米左右，体重约60公斤。驯鹿无论雄雌都长有鹿角，所以它们又被称为角鹿。也有人叫它们四不像，因为它们的角似鹿、头似马、身似驴、蹄却似牛。值得称道的还不是因为它们奇特的体貌，而是它们极强的生存能力。

斯瓦尔巴德群岛的气候异常恶劣，有时，气温会从40度的酷热突然下降到零下30度。为了生存，驯鹿会用长长的鹿角拱开一米深的积雪，啃食覆盖着冰原的地衣。这还不是它们最能干的技能，驯鹿最惊人的举动是每年的一次长达数百公里的大迁移。

每年冬天，驯鹿都要离开斯瓦尔巴德群岛，去远方寻找新鲜的草料和水源。它们边走边吃，日夜兼程，遇河过河，逢山爬山。每个鹿群都有一头经验丰富而又体格健壮的母鹿领头。驯鹿们对领头母鹿的经验和能力从不怀疑，因为它们跟随领头母鹿征服了很多穷山恶水，峭壁沙漠。它们坚信，领头母鹿的每一次出发都能将它们带向草绿水甜的地方。

可是，事故总是在不经意中出现，当领头母鹿带着它的鹿群泅渡一条河流时，眼看就到了对岸，母鹿却突然沉入了河底。因为不再年轻的母鹿已无法担当领头的重任，在体力不支的情况下终于倒在了河水里。其实是一条极平常的河，可是，当驯鹿们发现领头母鹿已经倒下时，驯鹿们一个个心慌意乱。惊慌失措中，巨大的鹿群在互相拥挤下沉入了河底。偶尔有几头幸存者，便只能重新选择一头母鹿领头了。

不畏山高路险、环境恶劣的驯鹿们，死在老虎狮子的利爪下的其实很少，大多数则是因为领头母鹿的突然失踪而失去了方向，互相拥挤踩踏而死。

人生中其实也充满了坎坷和艰险，可真正摧毁意志的还不是苦难本身，而是心里的方向突然失踪。方向是一个人赖以生存的精神支柱，也就是一个人的人生希望。这个希望也许就是一个摇摇欲坠的职位，或是一点难以舍弃的利益，再或是一段无法回头的感情……如果不能将希望建立在远大的理想上，那么人生的航船随时都有颠覆的可能。只有热爱生活，对生活永远充满希望的人，才能牢牢把握住人生的方向。

滴水穿石的启示

　　鹰一般指鹰属鸟类。由于鹰眼的视网膜的黄斑处有2个中央凹，不仅比一般动物多1个，而且中央凹的感光细胞每平方毫米多达100万个，人眼仅约15万个。所以鹰的视觉异常敏锐，能在高空飞翔时，清晰地看到地面上活动的猎物。

　　鹰的上喙尖锐弯曲，下喙较短。四趾具有锐利的钩爪，适于抓捕猎物。鹰不但视觉敏锐，而且性情凶猛，在弱肉强食的自然界，鹰几乎没有天敌。一只成年鹰的体重能达到4公斤，翼长约300厘米，双爪的力量能抓起一只羊或者刚出生的小牛崽。

　　鹰不但捕食地面上的小型动物，还捕食其他鸟类。鹰一旦发现了其他鸟类的巢穴，便会在其上空盘旋，看准了再俯冲而下，一举将其捕获。在鹰捕食的鸟类中，可不包括必胜鸟。主要以昆虫为食的必胜鸟，体形与体重不足鹰的十分之一，在鸟类中算得上是弱者，但却是鹰唯一不敢捕食的鸟类。

　　其实，在很多年以前，必胜鸟也常常会遭遇到鹰的捕杀。为了逃避鹰的骚扰，必胜鸟不但将自己的巢筑得比鹰还高，而且苦练飞翔的本领。它们从来不在同一个地方居住超过半年时间，就算那里有再多的昆虫可吃，也要迁向遥远的地方，只为锻炼自己的飞行能力。

在必胜鸟出生不久，成年必胜鸟便会将它们带到高空上抛下。当然，这时小必胜鸟还不会飞翔，就在快要坠地时，其他成年必胜鸟就会将其"救"下。每天吃饱后，还要去高空参加搏击运动，首先是与成年必胜鸟"搏击"，后来就是小必胜鸟之间相互搏击，必胜鸟的一生中都不会停止长途迁移与搏击这两项运动。必胜鸟就是这样代代相传，持之以恒地练出高超的飞行与搏斗技巧的。

如果有涉世不深的鹰胆敢侵略必胜鸟，那么必定会吃大亏。如果必胜鸟发现有鹰在自己的巢穴上空盘旋，它会立即冲向空中，飞得比鹰还高后，再突然向鹰扑去，双爪紧紧地抓住鹰的脖子，再用尖利的喙啄鹰的脑袋。任凭鹰怎么尖叫、挣扎、翻飞，都无济于事，最后因筋疲力尽而死。

强者之所以强，并不是因为其体型和力量的强大；弱者之所以弱小，也不是因为其体型和力量的弱小。滴水穿石，不是力量大，而是功夫深。

长鼻水鼠的缺点

长鼻水鼠很像普通的水鼠，与水鼠一样喜欢在水中游弋，吃小鱼和贝类。只是它们的鼻子比水鼠长多了，因此获得了长鼻水鼠这个名称。

从已发掘的古生物化石中可以发现，长相奇特的长鼻水鼠，早在3000万年前就已生活在地球上了。它是猛犸时期的物种，有"活化石"之称。目前长鼻水鼠已成濒危动物，只有俄罗斯还生活着少量长鼻水鼠。

对于长鼻水鼠濒危的原因，科学家们做了大量研究工作。有人认为，一定是长鼻水鼠的天敌太多的原因。因为陆地上的猫头鹰、狐狸、浣熊都是它们的头号敌人，而在水中，还有来自狗鱼和鲶鱼的危险。

可是，后来人们发现，长鼻水鼠自有一套对付这些天敌的办法。为了躲避天敌，长鼻水鼠会将窝穴建在沼泽地带，因为在连片的沼泽地里，长鼻水鼠可是游刃有余，使那些天敌往往奈何不了它们。

最后，通过对长鼻水鼠的长期跟踪后发现，原来，长鼻水鼠还有一个致命的缺点，那就是喜欢"窝里斗"。长鼻水鼠喜欢群居，但又无法做到团结共处。不管是在分配食物上，还是分配洞穴上，争斗从来就没有停止过。有时候，仅仅是因为对方不小心踩了自己一脚，或者完全是因为看不惯对方的某些动作，都会大吵大闹起来。

每当这时，它们就会把身子直立起来，保持进攻姿态，并发出吱吱的声音相互恐吓。谁先绷不住劲儿，谁就会主动发起攻击。长鼻水鼠与同类之间的打斗，并不能致命，能致命的是，它们为了将对方致于死地，往往会不顾自身安危。它们会以自己为诱饵引来天敌，最终的结果是，不但给同类也给自己带来了巨大的灾难。

喜欢窝里斗的，不止是长鼻水鼠。人类中也有不少人拥有这样的缺点，明明知道"窝里斗"对己对人都无益，但就是管不住自己要去那样做。

致命的错误

在澳洲生活着一种毒蜘蛛，被人们称为"城市杀手"。它经常爬到人们的卧室或者厨房里去玩耍，泳池边也是它喜爱去的地方之一，甚至在水里也能呆上几个小时而不被淹死。这样它就常与人类狭路相逢。它的毒性很大，可以在十秒钟之内杀死一名儿童。如果蜇到了成年人，不死也得残废。

虽然毒蜘蛛的毒性厉害，但一只毒蜘蛛一生却只能蜇一次。因为那一次便能使它的毒牙脱落，没有了毒牙，它的毒液便排不出来了，它体内的毒液积累多了便对它自己造成一种伤害。这时，它的毒液对别人便构不成威胁了，反而时时折磨着它自己的身体，威胁着它的生命，直至痛苦地死去。

澳洲居民雷克便被毒蜘蛛蜇过一次。因为抢救及时，雷克逃过了死神的魔爪，但却落了个左腿截肢的残疾，他的后半生只能在轮椅上度过了。当记者采访雷克的时候，雷克乐观地说："毒蜘蛛虽然咬了我一口，但并不影响我吃饭睡觉过正常人的生活，反而给了我一次亲身经历毒蜘蛛的机会，让我可以自豪地对着电视观众讲述我的英雄事迹。可是毒蜘蛛就惨了，它从此就不是一只正常的毒蜘蛛了，它将会被自己折磨而死。"

　　每一个试图攻击别人的人，自己都落不下什么好处。比如将他人的功劳据为己有，以诽谤污蔑他人而提升自己，所有以陷害他人来达到自己的某种目的人，都过得不快乐。虽然满足了一时的贪欲，但良心却备受折磨，从此永无宁日。就像毒蜘蛛的毒液一样，将自己折磨得憔悴不堪，痛苦万分，而被害者因为从来就没有过害人之心，豁达的心胸让他的生活并没有太大的改变。而那些心胸狭隘的人，却因曾经算计过他人而使自己彻底改变了，他再也不可能回到从前的模样。

　　毒蜘蛛因为犯了一次不该犯的错误，而痛苦一生，最终命丧黄泉，可是在犯那个错误之前，它不知道那是错误。但是人却不一样，人知道不能贩毒吸毒，人知道不能贪污受贿，可是，还是有人禁不住诱惑，要去犯那个致命的错误。要知道，有的错误哪怕只犯一次也足以毁灭整个人生。

两种针鼹

从北部的热带雨林到中部的干旱平原，在澳大利亚各地都可以发现针鼹。它们主要以白蚁为食，其他昆虫为辅食，因为浑身长满了像刺猬一样的针刺而得名。

但是，生活在热带雨林中的针鼹，比生活在干旱平原上的针鼹却要肥大得多。因为热带雨林风调雨顺、气候温润，植物种类繁多，所以，也适合白蚁繁殖。生活在那里的针鼹几乎不用怎么运动就能吃饱肚子。

而生活在干旱平原上的针鼹，显然要瘦小得多。因为平原上缺少雨水，土质日益沙化，植物也在渐渐减少，当然，白蚁也在恶劣的环境中日渐少去。针鼹不但经常吃不饱肚子，每天还要消耗大量体力来寻找食物。

也就是说，生活在热带雨林中的针鼹一出生便能享受到丰盛的食物，拥有非常优越的生活条件。一天中，它们只需花不到一个小时便能找到食物，并吃饱肚子，其他时间便是躺在窝里睡大觉。而生活在干旱平原上的针鼹，一出生便要过那些缺少吃喝的日子。为了寻找食物，每天，它们要在十几公里范围内跑上至少一圈，从早上忙到晚上，运气好的话，还能吃个半饱，但多数时间会饿着肚子，甚至有好几天找不到饮水。

但是，科学家经过研究发现，生活在干旱平原上的针鼹，却普遍比生活在热带雨林中的针鼹要长寿。因为生活在热带雨林中的针鼹不需要为生计发愁，那些营养过剩的身体又没有得到锻炼，所以极易患病，导致早亡。而生活在干旱平原上的针鼹，每天都要为生计奔忙，身体得到了锻炼，疾病也自然远离了它们。

人生何尝不是这样，灾难总是在安逸享乐中悄悄来临，而居安思危却能走向成功的康庄大道。

吓倒大象的声音

美洲一家野生动物园，曾试图引进非洲象群，可是屡遭失败。原因是非洲象没有听到过猪的叫声，一旦听到了猪叫声，象群便会受惊。受了惊吓的象群会四处乱窜，有时还会互相踩死挤伤，特别是对母象的繁殖和小象的生长极为不利。

与狮子、野狼、豹子等大型食肉动物同时生活在非洲大草原上的非洲象，什么样的猛兽没有见过，什么样的危险没有经历过？但是它们为何害怕猪的叫声呢？难道猪的叫声会比来自狮子的攻击更加可怕？原来非洲象从来没有听到过猪的叫声，不知道猪究竟是一种怎样的动物，敏感的非洲象一听到陌生的声音便会感到不安。

动物学家想了很多办法来解决猪的叫声问题。猪的叫声来自当地土著人的猪圈里，土著人与非洲象以一条河为界，因为当地政府有规定，必须做到野生动物与土著人能够和平共处，彼此不受侵犯，现在野生动物是不敢越河去侵犯土著人，可是土著人养的猪却侵犯了那里的新移民——非洲象。总不能让政府阻止土著人养猪，让他们没有肉吃吧。

最后，动物学家拟定了一个方案，那就是从土著人那里买来一头猪，将猪与一只非洲象关在同一个笼子里。刚开始时，大象着实吓了一跳，当猪大声叫唤时，它甚至还想逃出铁笼。可是，慢慢的，它发现，猪的叫声其实并没什么可怕的。尽管猪一见到它便不停地在叫唤，可是也并没对它造成伤害呀。就这样，大象和猪竟然彼此熟悉了，猪不再叫唤，大象也不再害怕猪的叫唤声了。这时，再将非洲象放回象群，让它告诉其他的象，猪的叫声对它们是没有危害的。问题终于解决了。当非洲象再去河边洗澡的时候，偶尔听到了土著人养的猪叫声也不会受惊了。

这个故事对我们人类也极具启发意义。不管是在学习上还是工作上或是生活上，我们总是害怕陌生的环境、陌生的事物。总是在心里将对陌生事物和环境的恐惧无限倍地扩大，以至于在人生的路上犹豫不决、不敢向前。人生几乎每天都要面对陌生的人陌生的事，比如一份陌生的工作，做一个陌生的选题，去采访一个陌生的人，与一个陌生的客户签一份合作协议……这些都需要我们敢于尝试，勇于突破。

没有人天生便熟悉世上的一切事物。其实，陌生的事物也并非洪水猛兽，只需要你多一点耐心去了解，多一点诚心去尝试，就会发现，隐藏在我们心里的顾虑其实是一场虚惊，那些人和事并不是那么难以接近。原来，只要我们心境坦然地去面对，就能轻而易举地将陌生变为熟悉。我们完全可以放心大胆地去完成那些陌生的工作，实现人生的理想。

长颈鹿与鹅卵石

长颈鹿骄傲地对身边的羊说，你看我长得这么高，一伸脖子便吃到了树上的叶子，而你却不能，所以说高比矮好！无论羊怎样努力地往上跳，还是吃不到叶子。羊灵机一动便从一个小洞钻进了一个园子，园子里长满了青草，长颈鹿由于身体庞大，无论怎样努力也缩小不了身体钻进园子，只能望着羊在里面吃着青青的草而无可奈何。这是一个古老的故事。教育我们，永远别瞧不起矮个子，因为高有所短，矮有所长。

下面这个故事是我在电视里看到的：当动物学家莱克斯在西伯利亚亲眼看见一头巨大的长颈鹿倒下时，不但他为长颈鹿扼腕叹息了好长时间，作为电视观众的我，也为那个悲壮的场面感叹了好久。那时，长颈鹿因为口渴得厉害，便去一条小溪边喝水。莱克斯发现小溪里的水还不到长颈鹿的脚踝，他正站在一旁架好了摄相机准备录下长颈鹿喝水的镜头。

可就在长颈鹿刚刚走下小溪准备伸长脖子饮水时，突然脚下一滑，它那庞大的躯体轰然摔倒在了小溪里。原来它的前脚不小心踩到了一颗鹅卵石，鹅卵石因为长期泡在水里而长了一层青苔藓，就是那颗长有青苔的鹅卵石将这只庞然大物给绊倒了。躺倒在小溪里的长颈鹿怎么挣扎也爬不起来，因为它的腿太长，身体太重，外加一条长长的颈，一旦躺倒在地就很难站起来。尽管莱克斯也很为它着急，但凭他一个人的力量也是毫无办法的，而在那茫茫的西伯利亚大草原，除了他这个动物学家再也找不到可以帮助长颈鹿的人了。莱克斯只得眼睁睁地看着长颈鹿将最后一点力气挣扎完，终于垂下头去淹死在了浅浅的溪水中。

一个看似庞大鲜活的生命，却在一瞬间丧生于一颗小小的鹅卵石之上。在我们的人生中，这样的例子其实是很多的。据报道，20年前的500强企业，现在却剩不了几家，其主要原因就是高层的决策失误而导致企业破产的。而那个决策者，往往也是因为有着像长颈鹿一样的骄傲心态，自以为很强大，而忽视了脚下那长了青苔的鹅卵石。要知道，千里江堤溃于蚁穴，往往看似强大的东西，其实不堪一击！日本松下电器的创办人松下幸之助说过这样一句话：公司里的事有百分之九十我不知道。试问，现在的企业决策者有哪一个能够如此虚怀若谷？

在我们的生活中，这样的鹅卵石还有很多，比如骄傲自满，比如刚愎自用，比如利欲熏心，比如贪赃枉法，甚至一个不卫生的习惯……都是侵害我们生命和事业的鹅卵石。

飞翔着，才最安全

在北美洲生活的一种鸟，它的名字叫金雕。金雕的特点是永远将自己置于高空，它能够连续飞翔几年而不必着陆，它飞翔的本领在鸟中居首位。金雕的头颈上长有金色的羽毛，黑眼睛，黄腊膜，灰色的喙。黄色的大脚上也长满了羽毛，爪子大而强健，两翼展开长达2.3米。金雕喜欢将窝筑在悬崖峭壁的洞穴里，或者孤零零的一棵大树之巅。

离巢的金雕一般是不会轻易落地的，因为它害怕其他更强大的鸟类的侵袭。特别是鹰，如果捕到了猎物的金雕停下来进食时，鹰就会趁其不备突然扑来抢夺金雕的食物。为了生存，金雕练就了高空飞翔的本领。它是捕猎能手，一般在快速捕猎物后，马上直冲高空，它能在空中一边飞翔一边进食，而不用担心会掉下来。大自然残酷的生存环境成就了金雕高超的飞翔本领，金雕只相信高空，相信飞翔，只有在高空中飞翔才能让它有安全感。

1926年2月11日，是美国大发明家爱迪生的79岁生日。这一天，在爱迪生的家里，挤满了前来祝寿的客人。当客人向爱迪生祝寿时，满面红光的爱迪生骄傲地对人们说："应该说，我已经是135岁的人了。"祝寿的客人们乍一听很愕然，但仔细一想，不由得会意地笑了。

爱迪生20岁出头开始研究电灯，历时10余年，他先后选用了上千种不同物质给灯丝试验，时常不间断地在实验室连续工作24小时。有一次，他和助手们竟连续工作了5昼夜。甚至在1871年圣诞节他结婚的那一天，竟因工作忘记了新娘子，让妻子玛丽小姐在洞房中空等了一夜。爱迪生在几十年里，几乎每天工作十几个小时，若以平常人的活动时间来计算，他的生命显然是成倍地增长了，他以135岁来折算79岁，其实还是很谦虚的。

一生中有1100项发明的爱迪生，被誉为科学界的"拿破仑"。如果他不将自己永远置于路上，他也不可能成就辉煌的人生。

鸟只有在飞翔着的时候才最安全，人只有在不断进取的路上才最安全。面对竞争激烈的社会，人如果不思进取，就会后退。只有居安思危，不断地让自己走在求索的路上，才能跟得上时代的步伐，才能不被社会淘汰。

绝处逢生的鹰

在澳大利亚的一个孤岛上生活着一群鸟，它们因有着尖而长的喙，而得名为长喙鸟，靠啄食一种蒺藜的果子为生。就像人有美丑高矮之分一样，长喙鸟也有长喙的和短喙的，短喙的鸟一出生就成了残疾，母长喙鸟在它的儿女满两个月后就会抛下它们不管了。因那种果子浑身长满了坚硬的刺，只有长喙鸟才能啄得开，甚至连那些喙稍短的长喙鸟也啄不开，于是每年都有很多喙短的鸟会因无法啄开蒺藜的果子而饿死了。喙长的鸟一出生便有了骄傲的资本，就像出生在富人家的孩子一样。它们眼看着短喙的鸟们被自己的母亲抛弃而饿死，自己却得意地吃着蒺藜的果子自由自在地在岛上飞翔。

一只短喙鸟在吃完母亲啄开的最后一颗蒺藜果后，它知道自己面临着生死的严重考验了。要么选择别的食物，要么就等着饿死。它不甘心地走近一颗蒺藜果，明知自己无法啄开那坚硬的果壳，并且还要被果子上的长刺扎得鲜血淋漓，但它还是想作最后的努力，它失败了，它想，如果继续啄下去，它马上就会死于蒺藜果的利刺下。它终于伤心地飞离了生它养它的孤岛，它决定去寻找新的生机。就在它饿得头晕目眩的时候，它啄食了在浅海里游动的一条小鱼，虽然它恶心得想吐，但它还是将那条小鱼吃下去了。慢慢地它觉得小鱼的味道其实比那种蒺藜果的味道还要好。

一时间，短喙的鸟纷纷效仿，于是，短喙鸟们就这样生存了下来。而长喙鸟则依然优越地吃着它们认为是天下最美的食物——蒺藜果。短喙鸟们的儿女们的喙更短，为了生存，它们天天去海里捕食。浅海里的鱼吃完了，就去深海里捕猎。后来，它们不但吃鱼，只要是能捕获到的动物都是它们的食物。在捕猎中，它们练就了一张短而有力的喙，还有一对大而雄壮的翅膀和一双尖利的爪子。数年后，短喙鸟成了海上的强者，它的名字叫鹰。而长喙鸟却随着那种蒺藜果的消失而永远消失了。

动物和人类何其相似，生于忧患，死于安乐。如果不思进取，哪怕家财万贯，也会坐吃山空。反之，哪怕一贫如洗，或者身有残疾，只要有一颗强健不屈的心，和勇于开拓的精神，也会成为生活的强者！

可怕的成功模式

　　肺鱼除了鳃的呼吸功能与其他鱼类没有什么两样外，还有一个特殊的本领，那就是它能从大气中直接进行呼吸，因此被称为肺鱼。肺鱼大多生活在美国西部人烟稀少的沼泽地带，一旦栖息地的水质发生变化或沼泽干涸，它们的肺就派上用场了。

　　每当旱季到来，水源干枯的时候，肺鱼就将自己藏匿于淤泥之中。它们巧妙地在淤泥中构筑一间泥屋，仅在相应的地方开一个呼吸孔。它们就这样使身体始终保持湿润，在泥屋中养精蓄锐。数月后，雨季来临，泥屋便会在雨水的浸刷下土崩瓦解，肺鱼又重新回到有水的天地。科学家曾在旱季将肺鱼连同它的泥屋，整体迁徙到实验室。经温水浸润后，肺鱼居然从泥屋的废墟中复活了，并在一只鱼缸里生活了好几年。

　　最近，科学家发现，当地的土著人居然拿肺鱼当美食。他们在旱季出发，来到肺鱼居住的沼泽地。这时，沼泽地里到处布满了泥屋，几乎每个泥屋都藏着一只肺鱼。土著人就这样轻而易举地将肺鱼捉住了。但他们并不立即将肺鱼煮来吃，而是先用一盆清水将肺鱼养几天，等体内的脏物都吐出来了，再将肺鱼放在早就用清水以及各种调料和好的面粉里，肺鱼以为旱季到了，便将面团做成泥屋将自己包裹起来。这时，土著人便可以将肺鱼连同它的泥屋，跟面包一起烤熟后再吃。听说肺鱼自己构筑的泥屋因为充分渗入了肺鱼的粘液，故而味道十分鲜美。

肺鱼没想到，千百年来，它们用来求生的手段，成功地躲过了残酷的旱季，却没有逃脱被土著人吃掉的命运。正是它们这种一成不变的成功模式让它们亲手断送了自己的性命。

人生中，前人的成功总是吸引着后人去学习和借鉴。但是当前人的成功成了后人的模式之后，当事者便很容易走入误区，轻者令事业惨败，重者则危及生命。

心胸狭隘的狼

狐狼是大森林中最聪明的一种动物，科学家说它们的智商不亚于人类。它有着狼的体形，长着一副狐狸的嘴脸，故被人们称为狐狼。狐狼虽然跟狼一样也是食肉动物，但却没有狼那么凶悍，面对较大体型的动物时，它从不亲自捕猎，而是用智慧借助其他动物来帮它捕猎，这就是狐狼的聪明之处了。

它的食物主要是狮子吃剩的动物尸体，狮子一般喜欢捕食体型较大的动物，如野牛、羚羊、角马等，可狮子一顿是吃不完一只这么大的动物的，狮子吃饱了就会躲到一边去休息来消化食物。那些吃剩的东西就归狐狼了。所以狐狼喜欢呆在狮子出没的地方，但又不能让狮子发现，不然，小命就不保了。

狐狼还会借助驽鹜来寻找食物。因为驽鹜在高空看得远看得清，如果哪里有食物，它们就会一窝蜂地在那片天空盘旋，狐狼便会迅速赶去分享。有时，狐狼还会躺在地上诈死，让鸟们来吃它，这时，狐狼会突然将鸟咬住。就是在食物极度缺乏的情况下，狐狼也弄得到食物，它可以去捉老鼠，找昆虫。如果连这些都找不到的时候，狐狼就会瞄准体型大的食肉动物了，甚至连森林之王的老虎都敢惹。它故意在老虎出没的地方出现，然后引起老虎的注意，并设法让老虎追它，这时，狐狼就会把老虎带到猎人设下的陷阱里去，老虎掉进陷阱后不久就饿死了，狐狼因为体型小，能攀着藤条滑进陷阱一点一点地将老虎吃掉后，它又不慌不忙地从陷阱里爬出来，再去寻找下一个目标。

就是这样一种极其聪明的动物，如今的数量却越来越少了。科学家经过研究发现，这是因为狐狼的自私而狭隘的心胸造成的。为了自己的利益，它们会无情地残害同类。它们不是将自己的聪明才智用在捕猎上，更多的是用在对付同类上。它们认为其他动物都没什么可怕的，可怕的恰恰是有着和它们同样聪明头脑的同类。

狐狼有时会将自己的同类引到一只巨蟒身边，让巨蟒将曾经与它一起分享过食物的同伴吃掉。狐狼还会设置各种陷阱，让同伴以为那里有食物，当它跳下去扒开一层枯叶才发现只是一堆骨头，但它的同伴再也爬不上来了。

狐狼因为心胸狭隘残害同类，缺乏团队合作精神，最终让它的家族走向了衰败。

是谁毁了新西兰椋鸟

很多年以前，新西兰椋鸟是以虫子为食的，后来被毛利族人作为神圣的象征，便改为食用甘薯、芋头以及鱼虾等做成的一种粘粑。那是毛利人最爱吃的食物，他们认为，既然新西兰椋鸟是如此神圣，就应该将自己最喜欢吃的食物给它吃。

新西兰椋鸟是新西兰特有的一种鸟。生活在新西兰北部岛屿茂密的森林里，常常发出"啾啾"的叫声，身长约0.5米，长长的尾端是白色的，身上有黑白的花纹。嘴跟啄木鸟一样，主要靠啄去树皮寻找缝中的小虫为生。自从改吃了毛利人的粘粑，新西兰椋鸟再也不呆在森林里吃虫子了，而是居住在毛利人的居所附近，每天等待毛利人来投放食物。所有的毛利人都是主动向新西兰椋鸟提供食物的，他们认为，向新西兰椋鸟提供食物是一种很荣幸的事情。

只是，每当毛利人要进行拜祭仪式的时候，族中的长老就会杀一只新西兰椋鸟来祭奠神灵。1835年，传教士威廉从欧洲进入新西兰，他坚决反对毛利人用新西兰椋鸟来祭奠神灵。他认为，既然新西兰椋鸟是神圣的象征，就不应该捕杀它们来祭奠神灵。

在威廉的游说和影响下，花了整整70年时间，也就是1905年，毛利人终于明白了捕杀新西兰椋鸟的坏处。不管是从神圣的象征还是从生态平衡的角度来看，保护好新西兰椋鸟都是人类不可推卸的职责。

因为毛利人再也不会用新西兰椋鸟来祭奠神灵，所以也没人主动向它们提供粘粑了。多年来，尽管每年都有不少新西兰椋鸟因为祭奠的需要而遭受宰杀，可是新西兰椋鸟的数量依然有增无减。可是，自从毛利人不再用新西兰椋鸟来祭奠神灵后，仅仅过去了两年时间，也就是1907年12月28日，最后一只新西兰椋鸟因饥饿而死，从此，新西兰椋鸟灭绝了。

究竟是谁毁灭了新西兰椋鸟？是毛利人还是传教士威廉？两派人痛心的同时，又互相指责了多年，可是依然没有得出一个结果。最近，有科学家指出，毁灭新西兰椋鸟的，不是毛利人，也不是传教士威廉，而是新西兰椋鸟与生俱来的惰性！

风暴的力量

南极洲是企鹅的天堂，这些不会飞翔的鸟，像是穿着开叉西服的绅士，走起路来一摇一摆，憨态可掬。

企鹅耐寒喜冷，而一年四季都被冰雪覆盖的南极便成了企鹅的生存繁衍之地。然而，在同样气候酷寒、冰雪茫茫的北极地区，却看不到企鹅的影子，这一现象令人们百思不得其解。

北极虽然寒冷，但风暴却很少见，而南极却常遭风暴袭击。并且，每年都有不少企鹅在南极风暴中受伤，每当风暴来临，企鹅都如临大敌般吓得四处躲藏。按理说，没有风暴的北极应该更加适合企鹅生存繁衍。

为了让企鹅在北极安家，人们用设有南极相同气候的车厢将企鹅带去了北极。可是，不久那些企鹅便纷纷死去了。虽然经过多年的努力，但仍没能让北极变成企鹅的家园。

最近，科学家断言，正是因为那些风暴使企鹅得到了生命的力量。尽管风暴能让企鹅受伤，而伤口痊愈后的肌肉将更加强健，生命更加坚韧。

力　量

　　有一种蚂蚁在世界上力气最大的动物中排行第9位，这种蚂蚁的名字叫切叶蚁。它每天要不停歇地工作，用自己的前铗切割叶子当食物。它可以举起相当于自己体重50倍的东西。专家称，如果蚂蚁拥有人类的体重的话，那么它要从人类手中接管统治权是轻而易举的。

　　蚂蚁为什么有这么大的力气呢？这主要是因为它们勤奋，它们勤奋于工作，在工作中将自己的体魄打磨得强壮有力。它们强壮的身体繁衍的后代也异常地强壮，就这样一代代传下来，它们的肌肉锻炼得非常结实，它们的力气也越来越大，直至能够轻易地举起相当于自己体重50倍的重量。如果人类也有蚂蚁的力量，可以举起相当于自己体重50倍的东西，那么当自己的汽车在郊外抛了锚，根本就不需要吊车机，只需用双手举起来放到修理厂就行了。

　　事实证明，人类也有举起超过自己体重的重量的纪录，这种纪录往往在人们不知道的情况下突然产生。据美国一家报纸报道，有一位男子在自家的院子里修车，他先用千斤顶将车子支起来，然后钻进车下，这时，千斤顶突然倒下，男子被压在车下动弹不得，只得大声呼叫。男子的妻子听到呼叫急冲过来猛地将车子搬了起来，男子得救了。男子奇怪地望着自己瘦小的妻子，不相信刚才是她将车子搬起来的，而在平时两个壮年男子要搬起车子都显得很吃力。因为当时女子担心她的丈夫而忘记了她平时是无法搬起那辆车子的，她所想到的是她如果不搬起车子她的丈夫就没命了。这就是人们所说的爆发力。

我们还可以从杂技里看到，有的人可以承受几个人的重量，还有的人甚至可以用耳朵或者牙齿拉动一辆汽车，这些都充分证明，人类也可以像蚂蚁一样成为大力士。

同样的道理，在我们的人生中，其实每个人都有着巨大的潜力，只是我们没有找到那个爆发点。那个爆发点就是自信心就是理想，就是吸引你前进的希望。而悲观失望就是这种爆发点的天敌，它可以一点点地将你的信心消磨掉！如果你还不十分确定自己是不是也有着这种潜力，那么你还可以锻炼，在不断的学习和工作中将自己打造成一个有着和蚂蚁一样体魄的人。

与信任同行

　　有一位西班牙人，他喜欢带着自己养的鹦鹉全世界演出。因为他的演出方式很奇特，所以他赚了很多钱。他不是一位魔术师，但因为鹦鹉的巧妙配合，他的节目甚至比魔术还要精彩。节目是这样的，他一手拿着一根小木棍，另一只手则抓着鹦鹉，在空中不停地抛起又接住，那只鹦鹉就像那根木棍一样变得无比僵硬，台下的观众远远望去就像一个塑胶制成的假鹦鹉。当那人这样在空中抛起又接住地表演了几分钟后，那只鹦鹉突然展开双翅飞上了那人的肩头。这时全场观众终于反应过来了，并响起了热烈的掌声。

　　这是一场看似简单却又很难得的演出，如果没有那只鹦鹉的配合，西班牙人是无法完成那些令人惊奇的动作的，也很难为他赢得如此多的观众。有记者采访那位西班牙人时，他只说了一句话：因为信任。是的，那只鹦鹉给了那位西班牙人完全的信任，它将自己的身体弄得僵硬，它紧紧地勾着头，双翅并拢，双腿夹紧，在外人看来它其实就是一根木头。只有这样它才能被人抛起又接住，就像抛一根木头一样！

　　但是它也需要冒很大的危险，假如那位西班牙人一不小心没有接住它下落的身体，或者他故意不接住，那么它从高空中摔下去的结果就是一命呜呼。也就是说，它是在用自己的生命相信那位西班牙人。在这个世界上，任何信任都不是单方面的，同时我们也可以看出，那位西班牙人也同样信任鹦鹉，并且为它付出了很多，他们如果没有深厚的感情，没有完全的信任也很难完成如此完美的演出。

可见信任的力量多么巨大！有时甚至需要生命作代价。但是，信任又意味着付出和收获，当女人爱上男人，并信任地以自己的终身相托，她收获的便是一生的幸福；当老板将信任的担子放在员工身上，他收获的将是财富；当将军将信任的钢枪交给士兵，他收获的就是胜利……

在这个世界上，日常生活中，我们必须时时信任他人和接受他人的信任，如果信任一旦脱轨，这个世界将会变得多么可怕！所以我们人人都遵守信任的诺言，人生中与信任同行，这个世界才是美好的人间！

以爱相待

　　生活在加利福尼亚州的苏姗是一位单亲妈妈，自从丈夫跟她离婚后，她便独自带着6岁的女儿珍妮过日子。虽然刚开始的时候生活很艰难，但苏姗能够吃苦。苏姗相信离开了丈夫，她和女儿一样可以生活得很好。苏姗一心想让女儿过上更好的日子，只要别的孩子拥有的，她便要想办法满足珍妮，因为珍妮已经失去了父爱，苏姗不能再让珍妮有别的遗憾。并且，苏姗还希望珍妮在自己的言传身教之下学会做生意，长大以后也好接管她的公司。于是苏姗将全部时间和精力，都投入到了公司和女儿的身上，她时常将女儿带在身边，这样一来，做生意与带女儿便会两不误。

　　生意场上的争斗，早已将苏姗锻炼得像铁人一样坚强。尽管她曾经遭受过很多比她实力强的对手的排挤，常常令她苦恼不堪，但她总能够及时找到排解的方法，那就是以同样的方式，将自己的遭遇转移到别的弱小者身上去。弱肉强食本来就是自然的生存法则嘛。所以，苏姗每天要做的就是：避开强劲对手的排挤，尽量在弱小者那里赚取利益。

　　在一个休息日，苏姗带女儿珍妮去美国圣地亚哥动物园玩。那里新到了一批非洲狮、苏门答腊虎，还有珍稀的印度孔雀等动物。珍妮一进动物园便很高兴地想去亲近那些动物。当来到一只非洲狮的身边时，珍妮试图用自己的小手去触摸关在笼子里的非洲狮。这时，苏姗赶紧上前制止，苏姗指着一块上面写着"非洲狮凶猛，切莫触摸"的牌子对珍妮说："宝贝儿，这种动物是会咬人的，千万别去招惹它。它就像生意场上的某些强劲的对手，只要你小心躲避就会没事的。"珍妮点了点头，去别的地方玩去了。

当珍妮来到一只印度孔雀的身边时，好奇心又起，但她想起了妈妈的话，小手欲试又止，小脑袋歪过来看着妈妈，她是在征询妈妈的意见呢。见女儿一副小心翼翼的样子，苏姗笑了："宝贝儿，那是只印度孔雀，不咬人的，你想摸就摸摸吧！"令苏姗没有想到的是，女儿珍妮却没有去摸那只印度孔雀，因为珍妮看到了一块牌子，上面写着"印度孔雀易受惊吓，切莫触摸"。珍妮对苏姗说："妈妈，我会不会吓着印度孔雀啊，它很容易受惊吓的，我想，我还是不摸它了。"苏姗突然被女儿的纯真和善良感染，久未流泪的眼睛居然湿润了，苏姗觉得女儿珍妮远比自己伟大，她应该向女儿学习。

避开凶险固然没错，但欺负弱小却不应该。如果我们每个人都懂得互相以爱和善良相待，那么，这个世界该会变得多么美好啊！